每当整个彼得堡都动身前往郊外去住的时候，我便会感到所有的人都在抛弃我。

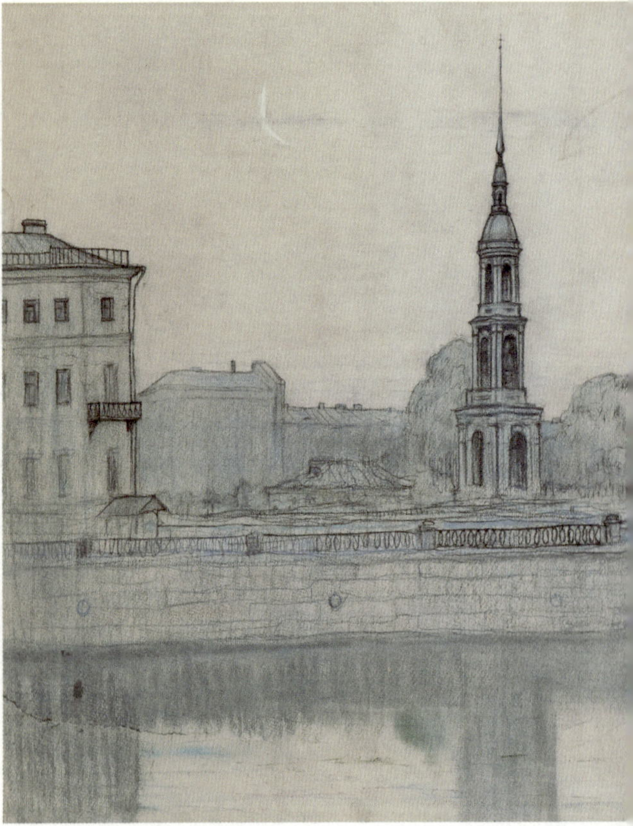

▲

　　　　　　　　这是一个异常美妙的夜，
　　亲爱的读者，这样的夜，也许只会在你年轻时才有。

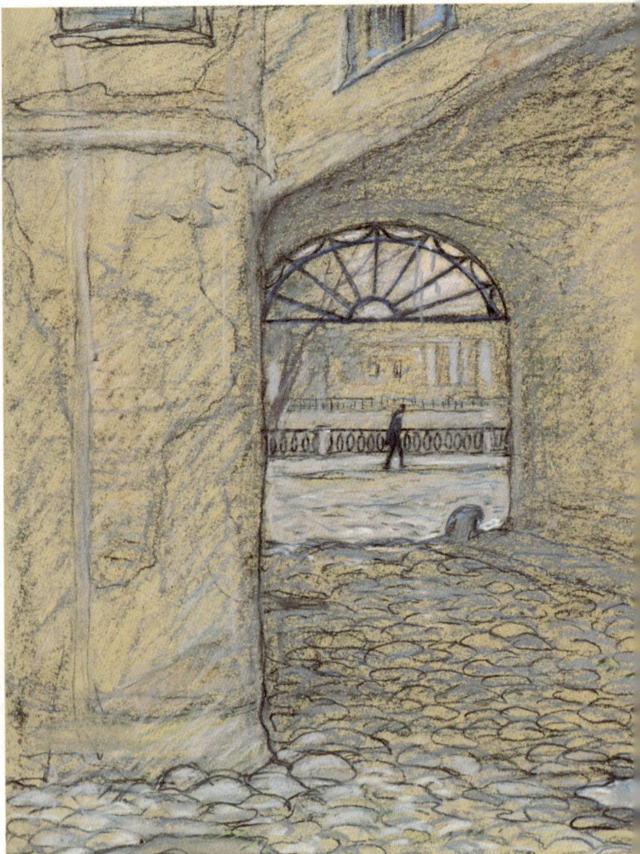

▲

　　这是一座十分可爱的砖砌小房子，它是那样亲切地望着我，那样骄傲地看着自己的丑陋的邻居。

但当我还在挑选字眼时,姑娘已经清醒过来,回头看了一眼,像突然想起什么似的,垂下头从我身旁滑过去,飞快地沿着河堤走了。

室内暗下来:他的心空虚而且忧郁。

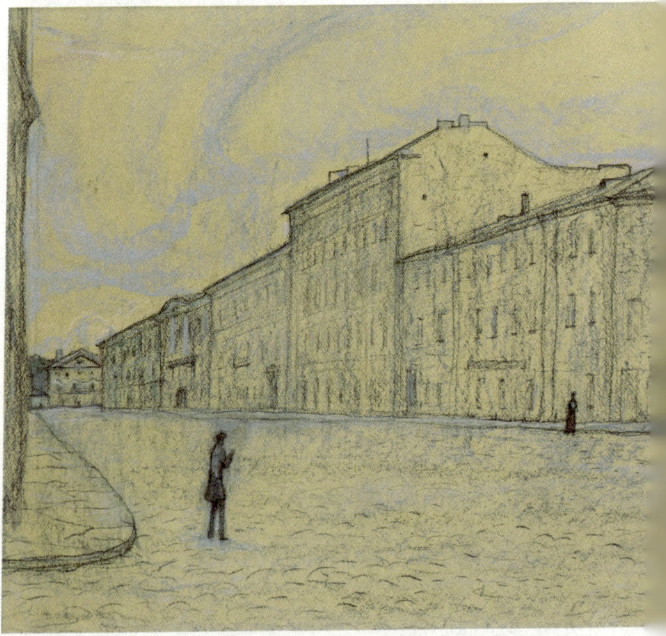

我也跟着她走,她猜到了,
于是离开河岸穿过马路沿人行道走了。
我不敢横穿马路。
我的心突突地跳着,像一只被抓住的小鸟。

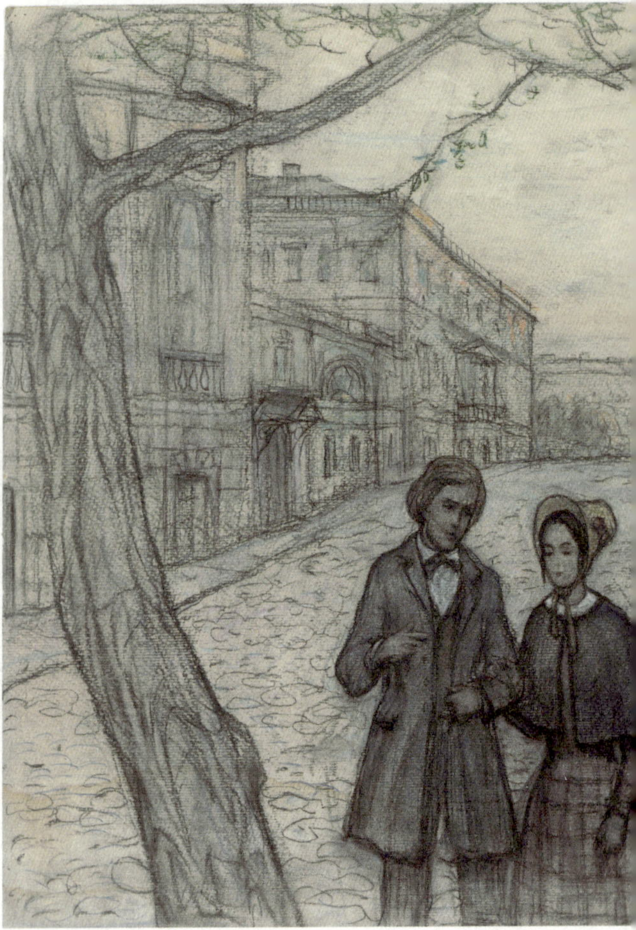

▲

是的,如果我的手臂发抖,那就是因为从来还
不曾有过一只像您这样美丽的小手挽过它。

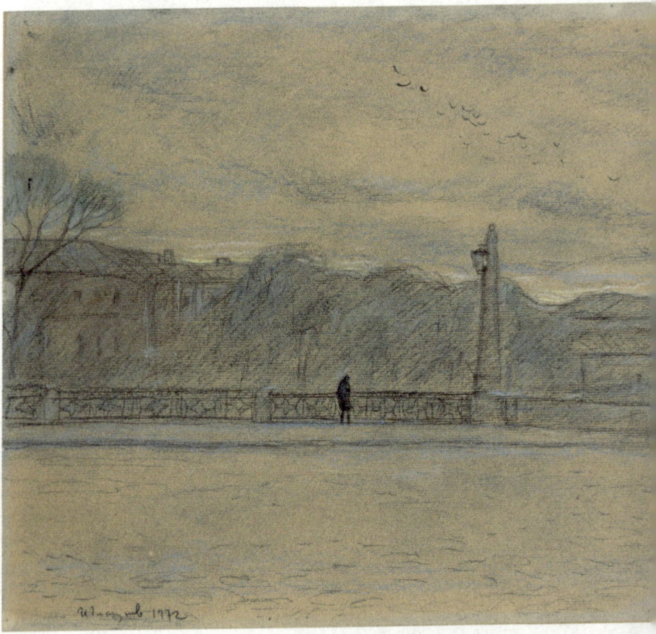
1972

他不无偏爱地望着那
在寒冷的彼得堡天空上渐渐退去的晚霞。

▲

在画面上,我们的幻想家,他自己,
以其高贵的身份自然是主角,占据了首要地位。

我把所有的东西:几件连衣裙、
几件需用的汗衫,裹成一个包袱,提在手里,
然后半死不活地走上顶楼,到我们的房客那里。▶

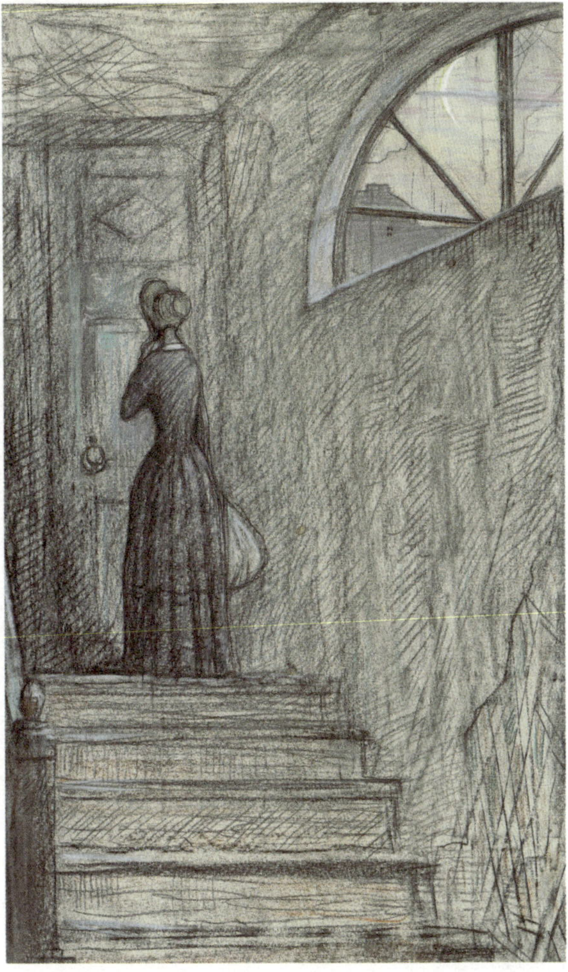

钟在敲第九下的时候,我已经在家里坐不住了,我穿好衣服,走了出去,虽然阴雨绵绵。我到了那里,坐在我们的椅子上。

我久久地站着，望着他们的背影……
直到他们俩在我的视线里消失。

▲

我久久地读着这封信；泪水从我的眼睛里流下来。

白夜

[俄罗斯] 陀思妥耶夫斯基 著

陈琳 译

江苏凤凰文艺出版社

为纪念我们的母亲陈琳同志。
——陈稚勉

新流出品

关于陀思妥耶夫斯基

关于陀思妥耶夫斯基,似乎已经没什么新话题可聊。所有富含智慧且合适的话题早已被翻来覆去地揉烂嚼碎,尽管它们在当时新颖而机智,但现在已经变得陈旧。不过,在我们需要冥想或者沉思的时候,这位深受爱戴却也令人生畏的作家身上似乎总会笼罩着一层全新的神秘感,并再度成谜。

那些悠然自得地躺在沙发上,通过阅读拉斯科尔尼科夫的故事,以从这个幽灵世界中获得愉悦战栗的普通人,并不是这位作家的忠实读者。就像那些学者和知识分子欣赏陀思妥耶夫斯基小说中的人物心理因素,就他的世界观撰写出优秀的专著,但也同样算不上他的真正读者。读陀思妥耶夫斯基的最佳时机是当我们经历了极度痛苦,并感受整个生命如同一处灼痛的伤口时,当我们呼出绝望的气息并经历了绝望的死亡时,当我们从远处凝视生活,被痛苦夺去一切,心理严重受损,再也无法理解生活那狂野而美丽的残酷,渴望摆脱与之相关的一切时,我们才会真正打开心扉欣赏这位可怕而伟大的作家谱写的巨著。于是,我们不再是旁观者,不再浅尝辄止,也不再评头论足,我们与陀思妥耶夫斯基作品中所有可怜的魔鬼成为同类，与他们一起承受痛苦。我们屏住呼吸，与他们一起着迷地凝视喧嚣的生活，凝视那永恒碾磨的死亡之轮。但同时，我们也能跟上陀思妥耶夫斯基的节奏，感受他的慰藉和爱意，从而第一次体验到他那个令人惊恐，且往往是地狱般的世界所具有的奇妙意义。

在陀思妥耶夫斯基的小说中，有两种声音深深吸引住我们。通过这两种声音及其相反声音之间的交替和对立，他的作品中产生了不可思议的深度和巨大的广度。

其中一个声音是绝望，邪恶的痛苦，是对残酷、血腥、严酷和人生中存在的一切模糊不清的顺从和不抵抗。必须经历这种死亡，穿越这样的地狱，我们才能真正听到另一个神圣的声音，也就是上帝之声。先决条件则是诚挚坦率地承认我们的存在和人性本身是悲惨且可疑的，甚至可能是毫无希望的。我们必须忍受苦难，并向死亡屈服，我们的眼睛必须死死盯住赤裸现实那不加掩饰的骇人狞笑，才能够感知另一个声音的深度和真相。

第一种声音肯定了死亡，否定了希望，也摒弃了所有理智且富有诗意的忍耐和慰藉。而我们习惯通过这样的宽容和安慰，任由友善可亲的诗人安慰和欺瞒我们，不去看人类的危险与恐怖。但是第二种声音，这位作家真正神圣的第二种声音，从它神圣的一面向我们展示了一种与死亡不同的元素,一种不同的现实,一种不同的本质:人的良心。让人类的生活充满战争和苦难、卑鄙和恐怖吧——抛开这些,我们还拥有良心,也就是人把自己置于上帝对立面的能力。毫无疑问,良心引导我们经历苦难和对死亡的恐惧,走向痛苦和内疚,但它也引导我们走出无法忍受的孤独和虚无,帮助我们建立起与现实、本质和永恒之间的桥梁。良心与道德无关,也与法律无关。实际上,它可能会与道德和法律产生绝望且致命的对立。但是良心非常强大,它比惰性、自私利益和虚荣都要强大。对一个深陷痛苦、迷惘绝望的人来说,它总能为他指出一条狭窄的出路,不是回到这个注定消亡的世界,而是越过它,远离它,走向上帝。通向良心的道路充满艰难险阻。几乎所有的人都一直违背良心,他们抗拒它,被越来越沉重的负担压得喘不过气来,直到被窒息的良心摧毁。然而对每个人来说,在痛苦和绝望之外,任何时候都有一条平静之路可供选择,它使生命变得有意义,并让死亡变得容易面对。有些人必须经历种种暴怒,违背良心去犯罪,直到经历了所有苦难,尝遍了所有恐怖的滋味,他们最终才能松一口气,认识到自己的错误,并经历转变的时刻。还有的人则与自己的良心始终和谐共处,这样的人很稀有,他们幸福而圣洁,无论发生什么事情,都只是触及他们的外在，而不曾影响他们的内心，他们始终保持纯洁，脸上挂着微笑。梅什金公爵就是这样一个人。

我从陀思妥耶夫斯基那里听到了这两种声音，这两种教诲，这个时候，我已经是他的忠实读者，而我所经历的绝望和悲伤使我做好了准备接受这声音与教诲。同样，有一位音乐家也让我产生了类似的感觉，我并非一直对他青睐有加，也并非总是愿意聆听他的乐曲，就像我不是一直喜欢读陀思妥耶夫斯基一样。这个音乐家就是贝多芬。他同样了解幸福、智慧与和谐，然而，在平坦的大道上是无从建立这种了解的，它只会在靠近深渊边的小路上辉煌升起。人们不可能面带微笑,轻轻松松便有所领悟,这个过程必然充满泪水、疲惫和悲伤。在贝多芬的交响曲和四重奏中,有些地方是从纯粹的痛苦和迷失中迸发出了极其动人且孩子气的温柔火花。而且是关于救赎的意义和知识的暗示。我在陀思妥耶夫斯基作品中也找到了这种体验。

诺贝尔文学奖得主

赫尔曼·黑塞

目录

第一夜 ………………………………… 1

第二夜 ………………………………… 35

娜丝金卡的经历 ……………………… 79

第三夜 ………………………………… 109

第四夜 ………………………………… 131

早晨 …………………………………… 161

……莫非他就是为了在你心灵的近处即使逗留一刹那才存在的?……

——伊凡·屠格涅夫

第一夜

这是一个异常美妙的夜,亲爱的读者,这样的夜,也许只会在你年轻时才有。天空星光灿烂,清澈透明,你只需望它一眼,就会情不自禁地自问:"在这样的天空下,难道会有形形色色的、暴躁任性的人生活着吗?"这也是一个幼稚的问题,亲爱的读者,非常幼稚的问题,但上帝却常常把它放在你的心上!……说到那些形形色色、暴躁任性的先生们,我不能不在这里想起一整天自己的善良举止。一大早,一种奇怪的烦恼就在折磨着我。忽然我觉得,所有的人都抛弃了我,所有的人都不再理我,一个人孤零零的。当然,每个人都有权问,这所有的人指的是谁呢?因为,我已经在彼得堡住了八年,却几乎没有一个熟人。可我要熟人干吗呢?没有他们,我也认识了整个彼得堡。所以,每当整个彼得堡都动身前往郊外去住的时候,我便会感到所有的人都在抛弃我。我非常害怕一个人留下来。整整三天我在城里徘徊,心里苦闷极了,真不知道我是怎么啦。不管我走到哪儿:涅夫斯基大街、公园、还是河堤上——那些在整整一年里、在某个时间、同一地点经常遇到的人,这时一个也见不到了。当然,他们不知道我,可我却知道他们。我非常清楚他们,我研究过他们的面部表情——而且每当他们快乐的时候,我欣赏他们;而当他们忧愁的时候,我也很难过。我同一个老头子几乎建立了友谊,他是我每天在固定时间在芳坦卡常遇到的一个人。他那副郑重其事、若有所思的样子,老是在喃喃自语着,时时挥动着左手。他的右手拿着一根长长的上端装有金镶头的多节手杖。甚至他也注意到我,并且对我抱有真挚的同情。如果在一定时间我没有到芳坦卡去,我相信他一定会感到难过的。这就是有时我们彼此几乎要打招呼的原因,特别是当我俩的心情都很快活时。不久前,我们整整两天没有见面,第三天碰到了,我们都伸手去摘帽子,好在都及时镇定下来,放下手,同情地面对面走了过去。我还熟悉那些房屋。当我走在街上时,每一栋房子都仿佛赶到我的前面,用所有的窗口望我,并且几乎要说出:"您好,身体好吗?谢天谢地,我还结实,五月份要在我身上加盖一层楼了。"或者说:"我差点儿没给烧掉,真把我吓坏了。"诸如此类的话。在他们中间有我特别宠爱的家伙,有短暂的朋友;其中有一栋打算在今年夏天请建筑师来给它治病的。所以我每天都特意拐到那儿,希望它能够得到很好的治疗,上帝保佑它吧!……可是,我同一座美丽的粉红色小房子的遭遇，是我永远不会忘怀的。这是一座十分可爱的砖砌小房子，它是那样亲切地望着我，那样骄傲地看着自己的丑陋的邻居。每当我走过它身旁时，都从心里感到高兴。上星期我路过那里，像看朋友那样，忽然，我听到了抱怨声："瞧把我给染成黄色了！"恶棍！下流坯！他们什么都不放过：连柱子、尾檐都不放过，我的朋友变成像金丝雀一般黄了。为了这件事，我几乎大发雷霆，而且直到此刻我还没有勇气去和我那可怜的、被涂上宫殿墙壁色彩的、变得丑陋不堪的朋友见面。

　　这样，读者，你们就会明白，我是怎样认识整个彼得堡的。

我已经说过,在我还没有猜到烦恼我的原因之前,整整三天有一种莫名其妙的东西在折磨我。上街去吧,我也觉得不舒服(这不是,那也不是,到底是怎么回事呢?)——在家里呢,我坐卧不安。有两个晚上,我苦苦寻思:究竟我的房子里缺少什么?为什么待在这里会这样难受——于是我困惑地打量着自己那发绿的污秽的四壁;打量着挂满蜘蛛网的天花板(这是玛特林娜的成功之作);检查着房间里的全部家具;察看着每张椅子;心想,可能问题就出在这里?(因为在我的房间里,哪怕有一张椅子摆得不跟昨天一样,我都会感到不自在的)再看看窗户;一切都是枉然……丝毫没有感到轻松。为了蜘蛛网,总的说来是因为不整洁,我甚至把玛特林娜叫来,当场像严父般训诫了她一番;但她只是吃惊地望望我,什么话也没有说就走开了。所以直到现在蜘蛛网还安然无恙地悬挂在天花板上。只是在今天早上我才猜到是怎么回事了。哦!原来是他们都抛下我溜到郊外去了!请原谅我用这个粗俗字眼,但我没有心思去用高贵的文体……因为,要知道凡是住在彼得堡的人这时不是已经、就是正在搬家到郊外去住别墅了。因为每位租用马车的、外表庄重的可敬先生,在我的眼皮底下一下子都变成使人肃然起敬的家长了,他们在日常繁忙的公务之后,正轻装向自己家族深处,向别墅进发。因为在每个过路人脸上，此刻都具有一种非常特殊的表情，好像在对每个见到他们的人说："先生们，我们在这里仅是过路；再过两个钟头我们就到别墅去了。"有时一扇窗户打开，起初白得像砂糖般的纤细的手指敲敲窗户，然后，探出一颗美丽姑娘的脑袋，招呼卖盆花的小贩过去。于是，我会当场立刻想到，买这些花的人绝不是为了在闷热的城市住宅里欣赏春天和花朵，而是为了很快到别墅去随身带的。并且，我还有一种新的特殊发现：我能够仅凭外表就可以准确无误地判断出，谁住在什么样的别墅里。卡明岛、阿普杰卡岛，或是彼得霍夫路的住户们的特点是：熟练优雅的待人接物，讲究的夏装和进城时乘坐的漂亮马车。巴尔高洛沃以及稍远一点地方的住户,第一眼就让你感觉到他们是那样的举止恰当稳重。克列斯托沃岛的来客们的特点是无忧无虑的快乐外表。有时我遇到一长串赶大车的,手里拿着鞭子,懒洋洋地走在大车旁边,车上是堆积如山的各种木器:桌子、椅子、土耳其式和非土耳其式的沙发,以及其他家用杂物。在杂物上面,在所有这些东西的顶端,常常有一位瘦弱的厨娘庄严地坐着,像保护眼珠那样保护着主人的财产。有时我见到许多载满沉重家具的小船,沿着涅瓦河或芳坦卡河向黑河或小岛划行。这时在我的眼里,大车和小船仿佛突然增加了十倍、百倍;好像所有的人都动身走了,所有的人都成群结队地搬到别墅去了,好像整个彼得堡立刻就有变成荒漠的危险。于是我终于感到羞耻、难受、痛苦起来:因为我实在是无处可去,而且也没有理由到别墅去。我情愿跟着任何一辆大车走;跟着任何一位租用马车的、仪表庄重的先生走;但竟没有一个人来邀请我;好像忘记了我,好像对他们来说,我真是个陌生人!

我走了很久很久,像往常那样,我已经完全忘记自己走到什么地方了,忽然我来到城门口。刹那间,我觉得非常快乐,于是我一步跨过栅栏,穿行在种满庄稼的田野和草地中间。我一点也不觉得累,浑身上下感到一阵轻松，好像有某种重负从我心灵上卸下来似的。每个过路的都亲切地望着我，几乎要跟我打招呼。大家都很快乐，都抽着雪茄烟。我也感到从未有过的快乐。我好像突然到了意大利——大自然使我这个差点没在市区里憋死的衰弱的城里人，感到异常惊讶。

有时在我们彼得堡的大自然中，有种说不出的动人的东西。春天到了，大自然突然显露出上天赋予她的全部魅力，上天赐给她全部力量，她披上了翠绿的嫩叶，穿上了盛装，打扮得花团锦簇……不知怎的，无意中她使我想起一个孱弱多病的姑娘，有时你对她怀着同情，有时你对她怀着一种怜悯的爱，有时你根本不曾留意她，可是，忽然在一刹那间，她竟使人意想不到地变成了一位绝色美人。你感到惊奇，感到迷惑，你情不自禁地自问：是什么力量使这双忧郁沉思的眼睛燃起炽烈的火焰？是什么东西在这苍白消瘦的双颊上唤起红晕？是什么使这温柔的面庞充满激情？她的胸部为什么高高地凸起来了？是什么这样突然把一个可怜的姑娘的面孔变得如此美丽，有活力，有生气？使她发出快乐的微笑？流露出光辉灿烂的笑容？你看看周围，你似乎在寻找什么人，你猜测……可是瞬间过去了，也许就在第二天，你又会看到像从前那般若有所思的、漫不经心的目光，那般苍白的脸庞，那般顺从和胆怯的举止,甚至是懊悔,是某种因片刻的钟情而引发的令人难堪的忧愁和烦恼的痕迹……你惋惜,美丽的面容是那样迅速地转瞬间消逝了。她是那样虚幻地徒然在你面前一闪,你感到惋惜,你甚至还来不及爱她……

可是,毕竟我的夜是胜过白天的!下面我就来叙述。

我很晚才回到城里。钟已敲过十下,我走近住所。我沿着河堤走,在这条路上,这时你是一个人也不会遇到的。是的,我是住在城里十分偏僻的地方。我走着唱着,因为每当我高兴时,我总爱轻声哼点小曲,像每个幸运人那样,既无朋友又无熟人,在快乐的时刻也无须和别人分享。忽然我碰到了一桩完全料想不到的怪事。

在小路边，在紧靠运河栏杆的地方站着一个女人。她双肘支在铁栏杆上，好像十分专心地望着浑浊的河水。她戴着一顶非常可爱的杏黄色小帽，披着一件时髦的黑色短斗篷。"这是个姑娘，而且准是个黑头发的姑娘。"我想。她好像没有听到我的脚步声，当我屏住呼吸、心跳剧烈地走过她身旁时，她连动也不曾动一下。"奇怪！"我想，"她准是想什么事情想出了神。"于是，我突然停下来，像被钉子钉住一样。我听到轻轻的哭泣声。是的，我没有弄错，姑娘哭了，而且不时地在抽泣。我的天哪！我的心紧缩了。尽管我与女人交往是如此胆怯,但要知道这是什么时候啊!……我转过身来,向她跟前迈去,而且,倘若我不知道在所有的俄国贵族小说中已经上千次地发出这种呼叫,那我一定会喊出"女士"来的。只是因为这一点我才没有叫出来。但当我还在挑选字眼时,姑娘已经清醒过来,回头看了一眼,像突然想起什么似的,垂下头从我身旁滑过去,飞快地沿着河堤走了。我也跟着她走,她猜到了,于是离开河岸穿过马路沿人行道走了。我不敢横穿马路。我的心突突地跳着,像一只被抓住的小鸟。忽然一个机会帮助了我。

在人行道那边,离我的陌生姑娘不远的

地方,突然出现了一个穿燕尾服的先生,这人已经上了年纪,但举止不能说是庄重的。他摇摇晃晃,小心谨慎地靠墙走着。姑娘则像箭一般匆忙而胆怯地奔跑着,像一个不愿人家在夜间自告奋勇送她回家的姑娘,走得特别快。因此,毫无疑问,这个摇摇晃晃的先生是无论如何也追不上她的,倘若不是我的命运提醒他去寻找巧妙的办法的话。突然,我的那位先生一句话也没有跟谁说,就迈开大步,飞快地跑去追赶我那陌生的姑娘了。她如风一般地飞驰着,但那位摇摇晃晃的先生终于追上了她。姑娘大叫一声——于是……感谢命运让我这次偶然拿上这根绝妙的多瘤节手杖。刹那间我出现在人行道那边，这位不速之客立刻明白是怎么回事了，他考虑到这无法抗拒的理由，于是便闭上了嘴，落在后面，只是在我们已经走了很远之后，他才用相当厉害的词对我表示抗议。但我们几乎已经听不清他说的话了。

"请把手伸过来，"我对陌生的姑娘说，"这样，他就不敢再纠缠我们了。"

她默默地把手伸给我。由于激动和害怕她的手还在颤抖。哦！不速之客啊！此刻我是多么感激您！我匆忙地瞥了她一眼：她是一个非常可爱的黑发女郎——我猜对了；泪珠还在她那黑色的睫毛上闪闪发亮，这是因为不久前的恐惧呢，还是因为原先的忧伤——我不知道。但在嘴唇上已经露出微笑。她也偷偷瞧了我一眼,脸有点发红,垂下头来。

"瞧,刚才您为什么要躲开我?要是有我在那儿,什么事情也不会发生了……"

"可是我不了解您呀,我以为,您也……"

"难道您现在了解我吗?"

"有一点。譬如,您为什么发抖?"

"哦,您一下子就猜中了!"我兴奋地回答说,因为我的姑娘太聪明了:这对一个美人来说是绝对没有妨碍的。"对了,您第一眼就猜到您在同谁打交道。确实,我同女人打交道感到胆怯,我不否认我的激动程度,正像一分钟前您害怕那位先生那样……现在我也处在一种恐惧中。好像一个梦,可我甚至在梦里也不曾想过,我会有机会同一个女人说话。"

"什么,真的是这样吗?"

"是的,如果我的手臂发抖,那就是因为从来还不曾有过一只像您这样美丽的小手挽过它。我对女人非常生疏;也就是说,我从来就没有同她们交往的习惯,要知道,我是一个孤身人……我甚至不知道该怎样同她们说话。瞧,就在此刻,也不知道我对您是否说了些蠢话。请您坦率地对我说!事先告诉您,我不是气量狭小的人……"

"不,没有,没有;恰恰相反。不过既然您要求我坦率,那我就告诉您,女人喜欢这种胆怯；如果您想知道得更多些，我也喜欢胆怯，而且在回到家里之前，我是不会再赶走您的。"

"您这样对我，"我开始说，兴奋得喘不过气来，"我马上就抛开胆怯，那时——我的全部手段可都不需要了……"

"手段？什么手段，干吗用手段？这可不好。"

"对不起，不说了，我说漏了嘴；但是您怎么能要求别人在这样的时刻不产生愿望呢？……"

"喜欢，怎么样？"

"是啊，可是请您看在上帝面上，您想想，我是怎样一个人！我已经二十六岁了，可我还从来没有见过什么人。哦,我怎么才能说得好、说得巧、说得恰如其分呢?也许把一切都敞开、都暴露出来对您会更好些……当我的心在呼唤时,我不能沉默。好吧,反正一样……您相信吗,我从来,从来还不曾有过一个女人!一个相好的!我只是每天都在幻想,总有那么一天我会碰到一个什么人的。哦,要是您知道,我有多少次就是这样热恋的……"

"怎么这样?那您爱的是谁呢?"

"谁也不是,是偶像,是梦中情人。我虚构了一整套浪漫史。哦,您不了解我!虽然,没有这种事情是不行的。我遇到过的两三个女人,可是,那都是些什么样的女人啊？全都是些家庭妇女，她们……要是我告诉您自己的想法，您准会笑话我的。曾经有好几次我想就这样不拘礼节地在大街上同随便哪一位贵妇谈话，自然是在她独自一个人的时候；而且说话时的态度无疑是小心翼翼的，毕恭毕敬的，充满激情的；说我孤独得要死，希望她不要赶走我，说我同任何一个女人都没有过亲密的交往；从而引起她的同情，使她即使出于女人的天责，也不要拒绝像我这样一个不幸人的胆怯恳求；说我最终所要求的一切，只不过是要她像兄弟一样，怀着同情对我随便说几句话，不要一开始就赶走我，要她相信我的话，听完我的话，如果乐意，就是嘲笑我也可以；给我点希望,对我说两句话,就两句话,然后哪怕我们永远不再见面!……瞧,您笑了……其实,我正是为了逗您笑才说这些的……"

"别懊丧,我笑是因为您在作践自己。如果您肯试试,准保成功,即使事情发生在马路上;愈省事愈好……因为不论哪个善良的女人,只要她不傻,或者此刻不在为什么事情特别生气,都不会对您这样胆怯的祈求,不说两句话就把您打发走了的……不过,说到我嘛!自然会把您当成疯子。要知道我是以自己之腹来度他人之心的。至于人们怎样在世上生活,我自己也知道得很多!"

"哦,谢谢您,"我叫起来,"您不知

道,现在您对我是多么重要!"

"好啦,好啦!但是请您告诉我,您怎么知道我正是这样一个女人……被您认为值得……注意和得到友情的女人……总而言之,不是被您称之为家庭妇女的。为什么您决定到我跟前来?"

"为什么?为什么?可您是一个人啊!那位先生太放肆了,现在是黑夜;您自己明白,这是一种责任……"

"不,不,还在这之前,在那里,在那边。您不是想走近我吗?"

"那边,哪一边?哦,我真不知道该怎样回答您;我怕……您明白吗?今天我非常幸运;我走着,唱着;我到了城外;我还从来没有过这样幸运的时刻。您……也许是我的感觉……如果我提醒了您,请原谅我;我觉得好像您哭了,于是我……我不能听哭声……我的心痛起来……哦,我的天哪!难道我就不能同情您?难道对您表示兄弟般的怜悯就是罪过?……请原谅我说怜悯这个词……好吧,总而言之,难道我灵机一动跑到了您身边,这就是欺负您了?……"

"得了,别说了,别说了……"姑娘说,低下头,握紧我的一只手,"是我错了,我不该提这件事。但是我很高兴我没有错怪您……瞧,我已经到家啦;我要从这里拐进胡同;只有两步路……再见,谢谢您……"

"那么难道,难道我们就不再见面了?……难道一切就到此为止?"

"您瞧,"姑娘笑着说,"起初您只想说两句话,可现在……不过,我是不会对您说什么的……也许,还会见面……"

"我明天到这里来,"我说,"哦,请原谅我,我已经在请求了……"

"是的,您是个没有耐性的人……您几乎在请求……"

"听我说,听我说!"我打断她的话,"请原谅,假如我对您又说了什么不合适的话……事情是这样的:我明天不能不来。我是个幻想家;我的真实生活太少了,像现在这种生活，这样的时刻，我认为实在太稀有，以致我不能不在幻想中来重温这样的时刻。我会整夜、整周、整年地想着您。我明天一定到这里来，就在这里，这个地方，而且还是这个时间，回忆起昨天的一切，我会非常幸福的。真的，这个地方对我太亲切了。这种地方在彼得堡我已经有两三处。有一次回想起来，我甚至哭了，像您一样……怎么知道，也许十分钟前您也是因为回想起什么才哭的……但是请原谅我又忘了；也许在这里您曾经非常快乐……"

"好吧，"姑娘说，"大概明天我会到这里来，还是十点钟。看得出，我已经不能阻止您了……不过事情是这样：是我需要到这儿来。您不要以为我在同您约会；我预先告诉您，我来这里是为了办自己的事。不过……好吧，我坦率地对您说吧，您来也没有关系：第一，可能又会发生像今天这种不愉快的事，这且不管……总而言之，我不过是想见到您……对您说两句话。只是，您瞧，此刻您不要责怪我，您不要以为我是这么容易跟人约会……如果……我是会跟人约会的，可是就让它是我的秘密吧！不过事先得讲好条件……"

"讲好条件？讲吧，讲吧，事先都讲出来；我完全同意，全部赞成。"我高兴得叫了起来，"我保证绝对服从，恭敬如命……您了解我……"

"正因为了解您,所以才约您明天来。"姑娘笑着说,"我非常了解您。可是当心,来了就得遵守一个条件!第一(行行好,按我的请求做吧,——您瞧,我说得多么率直),不要爱上我……这不行,请相信我。做朋友可以,请握住我的手……但不能爱,我求您!"

"我向您发誓。"我叫道,握住她的小手……

"得了,不要发誓了,难道我不知道您会突然像火药似的爆炸起来?不要责备我这样说话。假使您知道……我也是一个既无处请教又无处谈心的人。当然,总不能在大街上寻找出谋划策的人,但是您是例外。我非常了解您，仿佛我们已经是廿年的老朋友了……对吗，您不会失信吧？……"

"等着瞧吧……只是我不知道，我将怎样熬过这漫长的一昼夜。"

"好好睡一觉；晚安——不过，请记住，我已经相信您了。方才您说得多么好：难道每一种感情，即使是兄弟般的同情，也需要解释？知道吗？这句话说得多好，使我立刻想起要托付您一件事……"

"看上帝面上，是什么？什么事？"

"明天说。暂且让它保密吧。这样对你更好些；虽说从远处看更像是爱情故事。也许，明天我会告诉您，也许，不……我还要事先同您谈谈，我们彼此还得更好地了解……"

"好吧,明天我把自己的一切全部告诉您!可这是怎么回事?我真的遇到了奇迹……我这是在哪里啊?我的天啊!请告诉我,莫非您因为没有生气(像别的女人所为),您因为没有在一开始就把我赶走,因而感到不满意了?可是只有两分钟,您就把我变成一个终生幸福的人。是呀!幸福的人!怎么知道,也许是您使我容忍了自己,是您解除了我的疑惑……也许,我真碰到了这种机会……好吧,明天我把一切都告诉您,您会知道一切,一切……"

"好吧,我同意,您得先讲……"

"我同意。"

"再见!"

"再见!"

我们分手了。我溜达了整整一夜;我下不了决心回家。我感到非常幸福……明天再见!

第二夜

"嘿,总算熬过来了!"她笑着对我说,握住我的双手。

"我已经到这里有两个钟头了;您不知道我是怎样熬过这整整一天的!"

"知道,知道……但是说正事吧。您知道我为什么来吗?要知道我不是来胡说八道的,像昨天那样。是这么回事:今后我们的举动应该放聪明一点。昨天我把这一切想了很久。"

"什么事,什么举动要放聪明一点?从我这方面说,我是有准备的;不过,老实说,在生活中我还从来没有像现在这样聪明过。"

"真的?那么首先我求您,别把我的手握得这么紧;其次,我要向您声明,今天我已经费了很长时间来分析您。"

"那么结论如何?"

"结论吗?结论是一切需要从头开始,因为归根结底,今天我认为,我对您还不了解。昨天我的举止太幼稚了,简直像个小孩子,像个小姑娘,因此,不言而喻,我就落得个好心不得好报的下场,也就是说,我自吹自擂了,就像我们开始做自我评定时通常所得到的那样。因此，为了改正错误，我决定要对您了解个一清二楚。但是，因为这种了解不是从旁人那里得来的，所以您应该彻彻底底把自己的全部情况说出来。那么，您是怎样一个人呢？快一点——开始吧，说说自己的经历。"

"经历！"我吃惊地叫道，"经历！谁对您说我有经历？我没有经历……"

"那么您是怎样生活过来的呢？如果没有经历。"她笑着打断我的话。

"的确没有任何经历！我，就像我们那儿常说的那样，自过自，也就是说，独自一个人过——一个人，完完全全是一个人——明白什么叫一个人过吗？"

"怎么一个人？是说您从来不曾见过任何人？"

"哦，不，见倒是见了——但仍然是一个人。"

"这是怎么回事？难道您不同别人说话？"

"严格地说，不同别人说话。"

"那您干吗要这样？请说说明白！等一等，让我来猜猜：您大概像我一样也有个祖母。她眼睛瞎了，而且一辈子都不放我到别的地方去，所以，我几乎已经不会说话了。两年前，当我淘气时，她看到管不住我了，就把我喊到跟前，用别针把我的衣服扣在她的衣服上——从那时起，我们就这样整天整天地坐着；她织袜子，虽然眼睛瞎了；我呢，坐在她身旁，不是缝东西就是读书给她听——这种古怪的习惯持续了两年，我都是这样被别针扣着……"

"哦，我的天，多么不幸啊！不过我没有这样一个老祖母。"

"那您怎么能待在家里呢？……"

"听着，您想知道我是怎样一种人吗？"

"是啊，是啊！"

"严格地说？"

"非常严格地说！"

"好吧，我是一个怪人。"

"怪人，怪人！什么怪人？"姑娘叫道，大笑起来，仿佛整整一年她还没有这样笑过,"跟您一起真开心!瞧,这儿有一条长凳,我们坐下来吧!不会有人来的,也不会有人听我们谈话,而且——开始叙述您的经历吧!因为您不要说服我相信您的话。您有经历,不过您想隐瞒。首先,说说怪人是什么意思?"

"怪人?怪人——就是反常的人,非常可笑的人!"我回答说,随着她那孩子般的笑声,我也大笑起来,"他有这样一种性格。听着,你知道幻想家吗?"

"幻想家!对不起,怎么会不知道?我自己就是幻想家!有时坐在祖母身旁,脑子里什么想法都有,只要一开始幻想,就想出神了——哦,有时简直想要嫁给一个中国王子……要知道幻想这东西有时也挺好！噢，天晓得！特别是，如果不幻想，还有什么可想的话题？"姑娘补充道，这次态度相当认真。

"太棒了！既然您嫁给了一个中国王子，那您一定完全可以了解我。好吧，听着……哦，对不起：我还不知道您叫什么名字？"

"终于问到了！您想起得太早了！"

"啊！我的天！我真没有想到，我这就很好了……"

"我叫——娜丝金卡。"

"娜丝金卡！再没有别的了？"

"没有别的！难道您还不满足吗？您真贪得无厌！"

"少吗?恰恰相反,很多,很多,非常多了,娜丝金卡,您是一个好姑娘,既然一见面您就让我知道您是娜丝金卡!"

"瞧,瞧!又来了!"

"那么,好吧!娜丝金卡,听着,这是一个很可笑的故事。"

我在她身旁坐下,装出一副学究般严肃的样子,像念讲稿似的开始叙述起来:

"娜丝金卡,也许你不知道,在彼得堡,有一些十分古怪的地方。好像那普照整个彼得堡人的太阳,不向这里窥探似的,照耀这里的是另外一种新东西,仿佛那是特意为这些角落定制出来的,它发出另一种特别的光。在这些地方,亲爱的娜丝金卡,仿佛完全是另一种生活,它不同于在我们周围沸腾着的生活,它仿佛发生在非常遥远、神秘莫测的国度里,而不是在我们这儿,在我们这个严而又严的时代。是的,这种生活仿佛是某种纯属虚幻的、极端理想的东西,(哦,娜丝金卡!)和另一种毫无生气、讲求实利、平淡琐碎,甚至可以说是十分庸俗的东西掺杂在一起的混合体。"

"哦!我的天!什么样的序言呀!我都听到了些什么?"

"请您听着,娜丝金卡,(我觉得,我永远不会因为唤您娜丝金卡的名字而感到厌倦。)您听着,在这些地方,居住着一些怪人——幻想家。幻想家——如果需要给它下个详细定义——这不是人,知道吗?这是某种中性生物。他大部分时间住在一个不能接近的角落里,好像躲在里面怕见白昼的亮光,而且一旦钻了进去,他就牢牢扎在自己的角落里,仿佛蜗牛一般,或者至少可以说,他在这方面很像那种身子和住房长在一起的、名曰乌龟的有趣动物。要不,您想他为什么会这样喜欢自己的四壁?虽然它们总是被染成绿色,被烟草熏得又黄又黑,呈现出沮丧的色彩。要不,您想,为什么这位可笑的先生,每当稀客临门(而结果往往是,人家不再来看他),会这样窘困,这样惊慌失措?好像他刚刚在自己四壁内犯下了什么罪,好像他造了假票子,写了什么乱七八糟的歪诗，准备用匿名信的方式寄给刊物，信中说，本诗人已经去世，他的朋友认为发表这些诗是自己神圣天责。要不，娜丝金卡，您说，为什么他们俩人的谈话是这样无精打采？为什么这个不速之客会这样窘迫不安？连一个笑声或一句俏皮话都说不出来？而换个场合这人是能说会道、很爱谈论女人和其他一些逗趣的话题的。要不，您想，为什么这个显然在不久前才相识的朋友，第一次来访——因为这种情况已经不会有第二次了，他的朋友是不会再来啦——见到主人那副沮丧面孔，这个朋友自己也会十分尴尬，手足无措，一点也不机灵（只要他有）了？而主人自己这时也茫然若失，不知如何是好。虽然他已经做了极大的然而却是徒劳的努力想使谈话顺畅、有生气,从而表明自己也懂得上流社会风度,也能谈论女人之类的事,试图用这种投其所好的方法来取悦这个可怜的、本不该出现在这儿的、误入其门的客人。此外,要不为什么客人会突然抓起帽子,好像记起一桩从来也没有发生过的、十分重要的事情似的,从主人热烈紧握的手中用力抽出自己的手,匆匆忙忙走出去?而不管主人竭力表示歉意并企图弥补自己的怠慢。要不,您想,为什么这个朋友一迈出门就哈哈大笑,并且发誓永远不再来看这个怪人了?虽然这个怪人在本质上是非常好的小伙子,但无法拒绝自己那虚幻的小小的古怪念头:这就是在会见的全部时间里,他把不久前和自己谈话的朋友的面孔,与那只倒霉的小猫的面孔相比,虽然这之间相差十万八千里。这只小猫被孩子们用诡计逮住,受尽侮辱、作践、吓唬和欺负,最后不得不躲开他们,躲到椅子底下,躲进暗处。在那里,在空闲时间,它整小时地竖起背毛,打着响鼻,用两只爪子揉搓自己那受了委屈的嘴脸;并且在这之后,还久久地用敌视的目光观察着大自然,观察着生活,甚至观察着那份主人给它剩下的、由怜悯它的女管家为它准备下的那份食物。"

"听着,"娜丝金卡打断我的话,在这整个时间,她目瞪口呆地、吃惊地听我说话,"听着!我一点也不明白,怎么会发生所有这一切?而且为什么恰恰是您向我提出这样可笑的问题?不过我敢担保,所有这些曾经发生过的故事字字都和您有关。"

"毫无疑问啦。"我带着十分严肃的神情回答说。

"那么,既然是毫无疑问,您继续说下去吧,"娜丝金卡回答说,"因为我非常想知道它的结局。"

"您想知道,娜丝金卡,我们的主人公,或者说我这更好些,因为全部故事的主人公——是我,一个独特的本来就是一个小人物的我。您想知道,为什么我会因为朋友的突然造访而整天惊慌失措、茫然若失吗？您想知道，每当有人打开我的房门，为什么我会吓得跳起来，脸红到耳根？为什么我不会接待客人，并且，由于自己的殷勤好客而害臊得要死？"

"哦，是的！是的！"娜丝金卡说，"问题就在这儿。听着：您很会说话，但是，可不可以不要说得这么好？要不您简直就像在念书本了。"

"娜丝金卡！"我声音庄重而且严肃地说，差一点笑出声来，"亲爱的娜丝金卡，我知道我说得很好，但是——对不起，我只会这样说。现在，亲爱的娜丝金卡，现在我像所罗门皇帝的幽灵，它在加封七层符咒的坛子里待了千年之久，最后，终于有人把所有这七层符咒从坛子上撕下来。现在,亲爱的娜丝金卡,我们在久别后重逢——因为老早前我已经认识您,娜丝金卡,因为这个人我已经寻找了很久,而这是预兆:我要找的正是您,并且命里注定我们要在此刻相会——现在我的脑子忽然开窍了,我应该滔滔不绝地倾吐衷肠,要不我会憋死的。所以,请不要打断我的话,娜丝金卡,乖乖地听着;否则我就不讲了。"

"别,别,别,您说吧!现在我一个字也不说了。"

"我继续说下去:我的朋友娜丝金卡,在我的一天中,有一个时辰是我最喜欢的。这就是在几乎所有的事情、任务、职责都将结束时,每个人都忙着回家吃饭,想着休息,而且还在路上就设想着其他一些愉快的题目:以便度过黄昏、夜晚,以及其余的自由时间。在这个时间我们的主人公——因为您是允许我以第三人称来叙述事情的经过的,娜丝金卡,因为以第一人称来叙述这一切,实在是太难堪了——是这样,在这个时间我们的主人公也不是无所事事,他迈步跟在别人后面。但是在他那苍白的、仿佛有点疲惫的面庞上流露出一种奇怪的满足感。他不无偏爱地望着那在寒冷的彼得堡天空上渐渐退去的晚霞。当我说——'望着'这个词的时候,我是在撒谎;他不是望着,而是本能地观察。好像一个疲惫的,或此时正被另一桩更使他兴奋的事所吸引的人，以至于只能是短暂地、几乎是迫不得已才能抽出时间来看看周围的一切。他感到满意是因为直到明天前令人烦恼的事务已经结束，他快活得像个下了课堂去玩耍游戏的小学生。您从旁边望望他，娜丝金卡，您会立刻看到，快乐的情绪对他那衰弱的神经、那病态的受了刺激的想象已经发生了良好效果。瞧，他在沉思了……您以为他在想午餐吗？想今天晚上吗？他在看什么呢？是在看这位仪表堂堂的先生正在向乘坐华丽轿车飞快地驶过他身旁的一位太太装模作样地鞠躬致意吗？不，娜丝金卡，现在他哪有时间来注意这些小事！他现在已经为自己独特的生活所丰富；他仿佛突然成为富翁，落日的余晖那样愉快地故意在他眼前闪耀，从被温暖了的心里唤起一连串回忆。现在，他漫不经心地看着那条路，而从前在这条路上哪怕发生一点细微小事都会使他吃惊。现在'幻想女神'（亲爱的娜丝金卡，如果您读过茹柯夫斯基的书就会知道。），已经用一只神奇的手织出了金色的底布，并且在他面前开始绣起一幅空前绝妙的生活画面——而且，谁知道，也许幻想女神用一只神奇的手把他从这条美丽的铺满花岗石的回家路上带到洁净无尘的天堂上了。现在您试着叫他站住，突然问他：他现在站在什么地方？经过了哪些街道？——想必他什么都记不起来,既不知道走过些什么地方,也不知道他现在站在哪里,而且他懊丧得涨红了脸,为了礼貌起见,准会扯点谎。这就是为什么当一位十分可敬的老太太走迷了路,在人行道上彬彬有礼地叫住他,向他问路时,他吓了一跳,险些叫出声来,并且惊慌失措地环顾着四周。他烦恼地皱皱眉,继续走着,模模糊糊地看见,似乎不止一个行人在望着他笑,并且跟着他走;还有一个小姑娘,怯生生地给他让开路,睁大眼睛瞧着他那慷慨的、无所作为的微笑和用手打出的手势,高声大笑。于是他的幻想一股脑儿地把所有的一切——老太太、好奇的行人、大笑的姑娘,以及那些此刻正停泊在芳坦河上自己货船上吃晚饭的船夫（假使我们的主人公这时正走在河堤上），都带进自己的戏谑的冥想中去了，并且顽皮地将所有这一切都织在自己的画布上，仿佛苍蝇落到蜘蛛网上一般。怪人怀着新的收获，已经走进了自己的安乐窝，坐下吃饭，其实他早已用过饭了，只是在这时，当他真真切切看到他的用人，一个沉默寡言、终年郁郁寡欢的玛特列娜，撤走餐具，递过烟斗来时，他才清醒过来，并且吃惊地记起，他确实已经用过午餐了。室内暗下来：他的心空虚而且忧郁；整个幻想王国在他周围崩溃了，崩溃得无影无踪，无声无息，像梦幻一般烟消云散，而他自己也不记得他曾幻想了些什么。于是一种使他胸部微微酸痛的、令人激动的模糊感觉,一种新的愿望又在挑逗他并刺激着他的幻想,不知不觉又引发起一连串新的幻影。在小房间里一片寂静;独处和懒惰娇惯着想象,它轻轻燃起,轻轻沸腾起来,好像老玛特列娜咖啡壶里的水,而她此刻却正在隔壁厨房不慌不忙地煮着咖啡。瞧,它已经轻轻地冒泡了,瞧,那本毫无目的顺手拿起的书,还没看到第三页,就从我的幻想家手里掉下来了。他的幻想重新活跃起来,兴奋起来,于是一个新世界,一种令人神往、远景辉煌灿烂的新生活,突然又展现在他的面前。一个新的梦——一场新的幸福!一剂令人神魂颠倒、精致无比的新的毒药!哦!我们的现实生活对他算得了什么呢！在他那令人同情的眼睛里，娜丝金卡，我和您，生活得是那样懒散、平庸、乏味；在他看来，我们全都不满意我们的命运，被我们的生活弄得疲惫不堪！是的，这是事实，您瞧，实际上，一眼望去，我们之间一切是那样冷漠、阴沉，好像仇人似的……'可怜的人们！'我的幻想家想。而且他想的也不奇怪！您瞧，这些魔术般的幻影，是多么令人神往、多么稀奇古怪、多么宽阔无边地展现在他面前，好像一幅玄妙的、富有朝气的图画。在画面上，我们的幻想家，他自己，以其高贵的身份自然是主角，占据了首要地位。您瞧，那都是些什么样的形形色色的奇遇和一连串激动人心的幻想啊！您也许会问他在想什么？干吗要问这个问题呢？是的，他在想一切……想一个起初不被人承认，而后来却戴上桂冠的诗人；想和霍甫曼的友情；想瓦尔弗洛明夫的夜；想古安·威隆；想依万·瓦西里耶维奇占领卡桑时的英雄故事；想卡拉拉·莫勃莱；想叶菲亚·杰斯；想主教会议和孚士在主教会议上；想罗勃特的死之复活（你记得这支曲子吗？《墓地的气息》）；想米娜和白连达；想柏里贞那之战；想弗·德伯爵夫人家的诗歌朗诵；想丹东；想克里欧伯特拉 ei suoi amanti[1]；想柯罗那的一间小屋；想自己

---

[1] ei suoi amanti，和他的情人。（意大利语）

的小屋，近旁有心爱的人，在冬天的黄昏，张着小口和美丽的眼睛听您说话，正像您现在听我说话一样。我的小天使……不，娜丝金卡，这种我和您都非常渴望的生活，对于他，他，这个嗜欲好色的懒汉，有什么相干呢？他认为，这是一种不能预知的、贫乏而且不幸的生活。对于他，也许，有一天会敲起悲哀的钟声，那时他会为换取一天这种不幸的生活而付出他的全部幻想的岁月，况且还不是为快乐、为幸福而付出，在那悲哀、悔恨、极端痛苦的时刻，他甚至不想去选择。但在它，这可怕的时刻还没有到来之前，他什么都不希望，因为他比希望更超然，因为他有一切，因为他被喂得过多，因为他自己就是自己生活的设计师,并且每个钟头都在按照新的构思为自己制定生活。要知道这种童话般的幻想世界,制作起来是多么轻而易举啊!仿佛这一切当真不是幻影!真的,有时他真想相信,这全部生活不是感情的激动,不是海市蜃楼,不是幻觉,而是确确实实存在着的物体!要不请告诉我,娜丝金卡,为什么?为什么在这样的时刻他的精神会感到压抑?是什么魔法、什么神秘莫测的力量加快了他的脉搏跳动?泪水从幻想家的眼睛里流下来,他那苍白、湿润的双颊泛红,他的全部生活充满了令人神往的快乐?而且为什么?那些通宵不眠之夜仿佛一刹那间,在取之不尽、用之不竭的欢乐和幸福中度过？但当黎明在窗口闪烁出玫瑰色的光线，清晨在阴郁的室内放出梦幻似的光亮时，而在我们这儿，在彼得堡，我们的幻想家却精疲力竭地躺倒在床上，他带着疲惫不堪的、甜蜜的心灵的疼痛，在自己那病态的、惊心动魄的喜悦中睡去了。是的，娜丝金卡，您会误以为并且作为旁观者，您会不由自主地相信，这是千真万确的激情在使他的心灵波澜起伏；您会不由自主地相信，在他那无形体的梦幻中有某种可以捉摸到的有生命的东西！这是多么大的错觉——譬如，爱情带着无穷的快乐，带着一切苦闷和烦恼钻进他的心……您只要望他一眼就会深信不疑！亲爱的娜丝金卡，您看着他能相信他确实从来不曾见过那个他在自己梦幻中热恋的姑娘?难道他只是在一些诱人的幻影中才见过她?只是在梦里他才得到这种强烈的爱?难道当真他们不曾携手共同度过那么多年的岁月——只有他们俩,抛开尘世的一切,把自己的世界、自己的生活和对方的生活联结在一起?难道不是她在分别到来的最后一刹那,伤心地号啕大哭,倒到他的怀里?她既听不到严寒天空下的暴风雪大作,也听不到把她那黑色睫毛上的泪珠刮走的狂风呼啸。您能说难道所有这一切全是幻想——包括这凄凉、荒芜、偏僻、阴沉的人行道上长满青苔的花园?在这里,他们俩经常散步,共同奋斗,同分忧愁,彼此相爱,他们爱得是那么深,'那么真挚而温柔!'您能说这栋奇怪的、祖传的楼房也是幻想?在这里她为了陪伴自己那年老郁郁寡欢的丈夫,一个沉默寡言的、烦躁易怒的人,度过了多少岁月啊!他吓唬他们,他们怕得像孩子一样,沮丧而小心地隐瞒着彼此之间的爱。他们是多么痛苦,多么胆小啊,他们的爱情是多么天真纯洁啊,而人们(不用说,娜丝金卡)又是多么恶毒啊!可是,我的天!难道他见到的不是她?那是在远离自己祖国海岸的地方,在异国他乡正午的炎热天空下,在一个永远美妙的城市里,在豪华的舞会上,在喧嚣的音乐声中,在灯火辉煌的宫殿里(必须是宫殿里),在爬满桃金娘和蔷薇花的阳台上,在这里,当她认出他的时候,她急忙扯下自己的面罩,低声说:'我是自由的了。'然后身子颤抖地扑倒在他怀里,并且发出一声狂喜的叫喊,紧接着互相紧紧地偎依在一起。在这一刹那,忧愁、别离、痛苦等,都被他们置于脑后。那阴森的楼房,那老头子,那留在遥远祖国的凄凉的花园,他们曾作为最后热烈吻别时坐过的椅子,在这张椅子上她从他那由于极端痛苦而变得麻木了的怀抱里挣脱出来……这一切的一切在这一刹那他们都忘记了。哦,现在您会承认,娜丝金卡,要是您也处于这种情况下,当着一个身强体壮、快活的、爱逗趣的小伙子,您的一个不速之客,打开您的门,并且毫无顾忌地喊叫:'喂,哥们,我刚从巴沃洛夫斯克来!我的天!老伯爵死了,大大的好运降临了——人们都离开巴沃洛夫斯克到这儿来了!'你也会像一个从邻家果园里偷了一只苹果,刚要塞进口袋里去的小学生那样,惊慌失措、尴尬,而且涨红脸吧!"

我结束了我的动人演说,兴奋地沉默下来。我记得,我真想拼命地大笑一场,因为我已经感到,有种讨厌的东西在我心里萌动了。我觉得我的喉咙被堵住,下巴颏开始抽搐,我的眼睛也愈来愈湿润……我非常希望正在睁大自己那双智慧的眼睛,听我说话的娜丝金卡,此刻能像孩子般肆无忌惮地、痛痛快快地大笑起来。而且我已经懊悔自己说得太多,不该把那些老早前就塞满我心头、可以照本宣科的东西倾吐出来。因为已经在很久前我就为自己准备下判决书了,而且现在我禁不住自己不去宣读它。老实说,我没有料到会有人了解我,但使我诧异的是,她默不作声,过了一会儿她轻轻地握住我的手,怀着某种胆怯,同情地问道:

"您当真就是这样度过自己全部的生活的?"

"全部生活,娜丝金卡,"我回答说,"全部生活,而且,我大概还要这样结束!"

"不,不能这样,"她不安地说,"决不能这样;不过,也许,我就这样在祖母身边生活一辈子了。听着,您知道这样生活是非常痛苦的吗?"

"知道,娜丝金卡,知道!"我叫道,我再也无法抑制自己的感情了,"而且现在我知道得比任何时候都多,我已经虚度了自己的美好年华!现在我懂得了这一点,并且由于这种醒悟我感到更难受,因此上帝把您,我的仁慈的天使,恩赐给我,让您来告诉我,并向我证实这一点。现在,当我坐在您身旁和您谈话时,我真害怕想到未来,因为未来——仍旧是孤独,仍旧是那发霉的、谁也不需要的生活;当我已经真实而且这样快活地坐在您身旁时,我还去幻想什么呢?哦,亲爱的姑娘,为了您最初没有赶走我,为了我已经能够说,在我一生中哪怕我只活了两个晚上,愿您幸福!"

"哦,不,不!"娜丝金卡叫起来,泪珠儿在她的眼眶里闪闪发光,"不,决不能再这样下去;我们不能就这样分手!两个晚上算什么!"

"啊,娜丝金卡,娜丝金卡!您知道您给了我多大安慰吗?您知道现在我已经不再把自己想得那么坏了?像在别的时候想的那样。您知道,也许我已经不再为在自己生活中所犯的罪行和过错而忧伤了?因为这种生活本身就是罪恶。您不要以为我是在向您夸大其词,看上帝面上,不要这样想,娜丝金卡,因为有时刹那间我是那样烦恼忧伤,那样烦恼忧伤……因为在这一刹那间我已经觉察到,我从来就没有能力开始去过真正的生活,因为我已经感觉到,我失掉了一切分寸,失掉了对真正现实生活的任何感觉;最后还因为,我自己在诅咒自己;因为在我的梦幻之夜过后,刹那间我觉得自己已经是那样清醒得可怕!然而你听,在你的周围,人们在生活的旋涡中是怎样喧嚷、旋转啊!你听,你瞧,人们在怎样生活——真实地生活,你瞧,生活对于他们并不是惩罚,他们的生活并不像梦幻幽灵似的虚无缥缈,他们的生活永远在更新着;永远是年轻的,每时每刻都迥然不同;然而怯懦的幻想却是沮丧、平庸而且单调,它是阴影和意象的奴隶,是最先突然遮住太阳、并用忧愁紧压着真正的彼得堡心脏的那片阴云的奴隶,而这颗心是非常珍惜自己的太阳的——真的,在忧郁中会有什么样的幻想啊!您会感到,这无穷尽的幻想终有一天会因持久的紧张而疲倦、衰竭,因为,要知道您是在自己从前的理想中长大成人的:它们会被打得粉身碎骨;然而,倘若没有另一种生活替代,那就不得不在这些残缺不全的碎片上建立自己的生活。然而心灵却在渴求另一种东西!幻想家像在灰烬中,在自己的旧日憧憬中徒劳无益地挖掘着搜寻着,希望能在这些灰烬中找到哪怕是一点点火星,吹燃它,然后用这重新燃起的火来温暖那早已冷却的心,重新在他内心唤醒过去是那么甜蜜、那么激动人心、热血沸腾、催人泪下,然而都是大大骗人的东西啊!娜丝金卡,您知道我发展到什么地步吗?您知道我已经不得不为自己的感觉举办周年纪念,为过去是那样甜蜜,而实际上根本不存在的东西举办周年纪念了——因为举办这种周年纪念也仍然是按照那愚蠢的、空虚的幻想进行的——而且之所以要这样做,是因为就连这些愚蠢的幻想也没有,是因为没有什么东西能使它们继续生存:要知道幻想也会被撵走的!您知道吗?现在我喜欢回忆并在一定日期去拜访那些曾经使我感到幸福的地方,喜欢按照已经一去不复返的过去的方式来构筑自己的现实,而且我还常常像影子般毫无目的、毫无需要地在彼得堡的大街小巷里徘徊。这都是些什么回忆啊!记得,例如,正是一年前,恰好也是这个时辰,这个钟点,这条人行道,我孤独地颓唐地在这条小路上走着,像现在这样!那时,幻想也是忧伤的,虽然过去也并不好,但你总觉得在过去生活似乎要轻松些,安逸些,没有此刻纠缠着我的那些可怕的念头;没有这些良心上的谴责,阴暗和郁闷的思想的折磨。而此刻它们却日日夜夜地不让你安宁。你会问自己:你的幻想到哪里去了?于是你摇摇头说:光阴似箭,岁月如流!于是你又问自己:你在有生之年究竟做了些什么?你把自己宝贵的时间埋葬到哪里去了?你生活过没有?瞧,你会对自己说,看,世界变得太冷酷。又过一些年月,忧伤和孤独相伴接踵而来,颤颤抖抖的老年拄着手杖降临了,而跟着它们的是厌倦和心灰意冷。你的梦幻世界褪色了,你的幻想停滞,干枯了,像树上掉下来的一片片黄叶……哦,娜丝金卡!要知道孤零零独自一个人待着是多么愁闷啊,甚至没有怜悯的对象——没有,根本没有……因为那失掉的一切,这一切,全属子虚乌有,愚蠢的、等于零的东西,仅仅是一些梦幻而已!"

"别说了,不要叫我再伤心了!"娜丝金卡擦着眼睛里滚出来的泪水说,"现在就结束吧!此刻我们俩在一起了;现在不管我发生什么事,我们都不再分开。听着,我是个普通姑娘,我书念得很少,虽然祖母曾为我请过教师;但是,老实说,我了解您,因为您刚才对我说的一切,我自己也经受过,那是祖母用别针把我扣在她衣服上的时候。当然,我不会说得像您那样好,我没有受过什么教育,"她胆怯地补充说,因为她对我的动人演说和我的高深的表达方法还怀着某种尊敬,"但是我非常高兴您能对我这样坦率。现在我了解您了,已经完完全全地了解您了。可是,您知道吗?我想对您也叙述一下我自己的全部经历,一点也不隐瞒,但您听过后要给我出主意。您是个聪明的人;您答应给我出主意吗?"

"哦，娜丝金卡，"我回答道，"我虽从来没有当过谋士，特别是个好谋士，可是现在我看到，如果我们能够永远这样生活，那大概是很明智的，而且每个人都会给对方许多有益的建议！好吧，我的好娜丝金卡，您要我给您出什么主意呢？请直截了当地对我说吧；我现在是这样的快活、幸福、大胆而且聪明，况且为一句话是用不着掏腰包的。"

"不，不！"娜丝金卡笑着打断我的话，"我不是需要一个好主意，而且需要真诚的、兄弟般的忠告，因为您已经爱我爱了一辈子了！"

"好啊，娜丝金卡，好啊！"我兴奋地

叫起来,"如果我已经爱了您廿年,但也不会爱得比现在更热烈!"

"请伸过手来吧!"娜丝金卡说。

"好吧!"我回答说,把手伸给她,"那么,这就开始叙述我的经历!"

娜丝金卡的经历

"您已经知道我的一半经历了,也就是说您知道我有一位老祖母……"

"倘若您的另一半经历也像这一半这样简短……"我笑着插话。

"别打岔,听着。首先得约定:不要打岔,否则我会忘掉话头。好吧,你静静地听着。

"我有一位老祖母。在我还是一个小姑娘的时候,就由她抚养了,因为我的父母都去世了。应该设想,祖母从前比较富裕,因为现在她还常常回忆起那些好日子。她教会了我说法语,后来还给我请了教师。在我十五岁那年(现在我已经十七岁了),我的学习结束了。恰好这时我干了件淘气的事;至于我究竟干了什么事,我不告诉您;反正不是什么了不起的过错。不过,有一天早晨祖母把我叫到她的身边说,因为她的眼睛瞎了,以后照看不过我了,所以就拿一根别针把我的衣服扣在她的衣服上,而且当场就说,自然,如果我不改的话,我们就这样坐上一辈子。总而言之,最初我无论如何也无法离开她:干活呀,读书呀,学习呀——都得在祖母身边。有一次我试着耍了一个花招,劝菲克拉坐到我的位置上。菲克拉——我们的女工,她是个聋子。菲克拉坐到了我的位子上;这时祖母正在圈椅里打瞌睡,于是我就溜到不远的一个女朋友那儿去了。哦,结果糟糕透了。在我没有回来前祖母醒了,她以为我仍旧安静地坐在位子上,就问了几句话。菲克拉看到祖母向她问话,自己又听不到,于是想了又想,没有办法就摘下别针,溜之大吉……"

说到这里娜丝金卡停下来,哈哈大笑了。我也同她一起笑。但她立刻就止住了笑。

"听着,你不要笑我的祖母。我笑是因为觉得可笑……说实在的,有什么办法呢!祖母就是这个样子,不过我还是有点爱她的。哦,那次我可真倒霉了,立马又逼我坐到位子上,于是你就别想稍微动弹一下了。

"是的,先生,我还忘记告诉您,我们,也就是说祖母,有自己的一所房子,一所小房子,总共三个窗户,完全是木制的,非常老,跟祖母一样老;上面是顶楼;恰好这时,有一位新房客搬到我们顶楼上来住了……"

"这么说,以前有过一位老房客?"我随便插了一句。

"当然,有过。"娜丝金卡回答说,"那是一个比您还会沉默的人。真的,他几乎从来不开口。他是一个又聋、又哑、又瞎、又瘸的瘦老头子,最后他简直已经无法再活在人世,于是就死了。我们只得另找房客,因为没有房客我们就无法生活;房租和祖母的养老金,几乎是我们的全部收入。可是偏巧新来的房客是一位年轻的顺便到此地的外地人。因为他没有讨价还价,祖母就收留了他。可是过后祖母问道:'娜丝金卡,我们的房客是个年轻人不是?'我不想撒谎,说:'是的,祖母,'我说,'不十分年轻,可也不是老头子。''那么长得如何?'祖母问。

"我还是不愿意撒谎。'是的,'我说,'长得挺好,祖母!'于是祖母说道:'哎呀!造孽,简直是造孽!好孙女,我告诉你这些是要你千万不要理他。这是什么时代啊!你看,这样一个微不足道的房客也竟然说长得不错,早先可不是这样的啊!'

"在祖母看来,早先都是好的!早先她年轻,早先太阳比较暖和,早先鲜牛奶不会酸得这么快——早先一切都好!我静悄悄地坐着,心想:祖母干吗要开导我,要问房客好不好看,年轻不年轻?我只是这么想想而已,于是立刻又数起毛线圈织起袜子来,随后就完全忘了。

"记得,一天早晨,房客来到我们房里,打听替他房子裱糊墙纸的事。祖母是个爱唠叨的人,一句跟着一句说话。忽然对我说道:'娜丝金卡,到我卧室去把算盘拿来。'我立刻跳起来;不知道为什么我的脸涨得通红,我忘记自己是被扣住坐着的;不,要想悄悄摘下别针不被房客发现已经是不可能了——我站起时用劲过大,以至祖母坐的圈椅都被挪动了位置。当我看到房客此刻知道了我的处境时,我的脸红了,像被钉在地上一样一动不动地站着,而且还突然哭了起来——在这一分钟,我是多么害臊和痛苦啊,简直不想活了!祖母叫道:'你还站着干吗?'而我却愈哭愈厉害……房客,一看到我是因为有他在场而感到害臊,便鞠了一躬马上走开了。

"从这时起,门厅里稍有响动,我就怕

得要死。心想,大概是房客回来了,于是我便悄悄摘下别针,以防他万一会走进来。不过他始终没有来。过了两周;房客请菲克拉转告说,他那里有许多法文书,都是些好书,可以读读;问祖母想不想让我读这些书给她听,这样就不寂寞了!祖母接受了这个建议,表示了谢意,不过老是问,这些书正经不正经,因为不正经的书,她说,'娜丝金卡,你是绝对不能读的,否则你会学坏。'

"'学什么坏,祖母?里面写的什么?'

"'哦!'她说,'里面写的尽是些年轻人勾引品性善良姑娘的事,借口要娶她们,把她们从父母身边带走,然后又抛弃这些不幸的姑娘,听凭命运摆布,让她们悲惨地死去。'祖母说:'我读过许多这类书,而且全都描写得那样美,以致整夜坐着悄悄地读书。所以你,'她说,'娜丝金卡,当心,不要读这类书。他送来的都是些什么书?'

"'全是沃尔特·司各特的小说,祖母。'

"'沃尔特·司各特的小说!那好吧,不过,里面有没有调情的东西?好好看看,他没有把情书之类的东西夹在里面吧?'

"'没有,'我说,'祖母,没有情书。'

"'你再看看书皮下面;有时它们是压在书皮下面的,这些恶棍!……'

"'没有,祖母,书皮底下也没有。'

"'好,那就这样!'

"于是我们开始读起沃尔特·司各特的书来,大概用了一个月,就读完几乎他送来的一半书。后来他一次又一次地送书来。送来普希金的书。以致后来没有书我就没法过了。似乎也不再想怎样嫁给一个中国王子了。

"有这么回事,有一次在楼梯上我碰到了我们的房客。祖母要我去拿东西。他停下来,我脸红了,他的脸也红了;不过他笑起来,跟我打招呼,问候祖母的健康,并且说:'书都读过了吗?'我回答说:'读了。''那么,'他说,'您最喜欢哪些书?'我说:'最喜欢《英雄传》和普希金的书。'这一次见面就这样结束了。

"过了一个礼拜,我又在楼梯上碰到他。这次不是祖母叫我去的,是我自己要拿东西。是在三点钟的时候,房客恰好这时回家。'您好!'他说。我也对他说:'您好!'

"'整天和祖母坐在一起,您不寂寞吗?'他说。

"在他问我这句话时,真不知道为什么我的脸通红,羞愧极了,我又感到难堪,显然是因为旁人问起了这件事。我本想不理他就走开,但没有勇气。

"'听我说,'他说,'您是个好姑娘!请原谅我和您这么说话,但是,相信我,我比您祖母更希望您好,您没有一个可以去探访的女朋友吗?'

"我说,'没有,以前有一个,叫玛森卡,她到普斯克夫去了。'

"'听我说,'他说,'您愿意同我一起去剧院吗?'

"'剧院?那祖母怎么办?'

"'您悄悄地别让祖母知道……'他说。

"'不,'我说,'我不想欺骗祖母。再见,先生!'

"'好吧,再见。'他说,于是他也就没有再说别的了。

"不过,吃过午饭后他到我们的房间里来了;他坐下来,同祖母谈了很久,问她常出去不出去,有熟人没有——然后突然说道:'今天我拿到一张歌剧院的包厢票;那

里正上演《塞维尔理发师》,本来有几个朋友要去的,可是后来不能去了,票就留在了我手里。'

"'《塞维尔理发师》?'祖母叫起来,'是那出早先上演过的《塞维尔理发师》吗?'

"'是的,'他说,'就是那个理发师。'他向我瞥了一眼。我完全明白了,满脸通红,我的心由于期望而怦怦直跳。

"'是啊,'祖母说,'怎么不知道!早先我在家庭剧院里还扮演过罗西娜呢!'

"'那么你今天愿不愿意去呢!'房客说,'要不我的票就作废了。'

"'好,那就去吧,'祖母说,'为什么

不去呢？瞧，我的娜丝金卡还从来没有上过剧院呢！'

"我的天，多么快乐啊！我们立刻收拾起来，装束好，出发了。祖母眼睛虽瞎，但她还是喜欢听音乐的，而且除此以外她还是一位慈祥的老太太：她主要是想让我快乐，我们自己从来是不上剧院的。至于《塞维尔理发师》一剧究竟给我留下什么印象，我不告诉你，不过整个晚上，我们的房客都非常亲切地望着我，非常和蔼地跟我说话，我立刻猜出，早上他邀我单独跟他上剧院那不过是想来试探我。哦，多么快乐啊！我非常骄傲愉快地躺下来睡觉，心跳得快极了，好像一场小小的寒热病在发作，整整一夜我都在说有关《塞维尔理发师》的梦话。

"我想在这之后他会常来看我们——可是,情况却并不是这样的。他几乎匿了迹。有时一个月来一次,而且,这也不过是为了请我们去看戏。后来我们又去过两次。可这已经完全不能满足我了。我看出,他只不过是因为我被圈在祖母身边而怜悯我,并没有其他意思。后来,我愈来愈不安了:我坐不住;书读不进去;活干不下去;有时笑,有时故意做些使祖母生气的事;有时干脆哭。后来,我消瘦了,几乎要病倒。上演歌剧的季节过去了,房客根本不再来我们所住的房间了;有时,我们碰到时——自然还是在楼梯上——他默默地、十分严肃地弯了弯腰,好像连话也不愿意说,而当他已经完全离开楼梯时,我还站在楼梯中间,脸红得像樱桃,因为我一见到他,全身的血都涌上了头。

"现在马上就要讲完了。整整一年以前,在五月,房客来到我们的房间,对祖母说,他在这里已经忙完自己的事,要回莫斯科一年。我一听,脸色苍白,像死人一样跌倒在椅子上。祖母什么也没有察觉,而他,在说完要离开我们之后,就告别走了。

"我该怎么办呢?我想了又想,苦恼极了,最后,我下了决心。他明天走,我决定在晚上,在祖母睡觉以后,就来个了结。事情就这样发生了。我把所有的东西:几件连衣裙、几件需用的汗衫，裹成一个包袱，提在手里，然后半死不活地走上顶楼，到我们的房客那里。我想我大概用了整整一个钟头上楼梯。当我推开他的门时，他望着我吃惊地叫了一声。他以为我的出现只是他的幻觉！急忙跑过来，递给我一杯水，因为我几乎站不住了。心跳得非常厉害，头痛得要命，我的神智也昏迷了。但当我清醒过来，我的第一个动作就是毫不掩饰地把自己的小包袱放到他的床上，自己坐到旁边，用手捂住脸，眼泪像泉水一样涌了出来。他好像一下子都明白了，面色苍白地站在我的面前，他是那样忧郁地望着我，我的心都要碎了。

"'您听着，'他开始说，'请您听着，

娜丝金卡,我无能为力;我是个穷光蛋,现在我还一无所有,甚至没有一个像样的职位;假如我娶了您,我们将怎样生活?'

"我们谈了很久,最后,我气得简直要发疯了,说我不能跟祖母生活,我要离开她,我不想她用别针扣住我,而且如果他愿意的话,我将和他一同上莫斯科,因为没有他我不能生活。羞耻、爱情、自尊——所有这一切,一下子都涌上心头,我抽搐地跌倒在床上。我多么怕遭到拒绝啊!

"他默默地坐了几分钟,然后站起来,走到我身旁,握住我的手。

"'您听我说,我的好心的、我的亲爱的娜丝金卡!'他也满含泪水地开始说,

'您听着,我向您发誓,倘若将来我有条件结婚,那您一定会带给我幸福的;我相信,现在只有您能够使我幸福。听着:我到莫斯科在那里要待整整一年。我希望安排好自己的工作。等我转来时,倘若您还在爱我,我向您发誓,我们会幸福的。现在不行,我不能,我甚至没有权利向您保证。但是,我再说一遍,如果一年后办不到这一点,有一天总会办到的;当然——要是在这种情况下:您没有选择另外一个人,因为我不能、也不敢用任何话来约束您。'

"这就是他对我说的话,第二天就走了。我们约定不把这件事向祖母透露一句话。这是他的意思。好啦,我的全部经历就能就让我到他那里走一趟?……"

"难道能这样做吗?"她说,突然抬起了头。

"不行,当然不行!"我说,忽然想起这样做太冒失,"那么这样吧:您写一封信。"

"不,这不行,不行!"她果断地回答说,但已经垂下了头,不看我了。

"怎么不行?为什么不行?"我接着说,坚持着自己的想法,"娜丝金卡,您知道这是一封什么样的信吗?信与信不同……而且,对啦,娜丝金卡,就这样,应该这样写!请相信我,请相信我!我不会给您出坏主意的。这样一切就都能办好。您已经开始了第一步——现在您还迟疑什么?……"

"不,不!那好像我要强加于他……"

"唉,我的好心的娜丝金卡!"我忍俊不禁地打断她的话,"不会的,不会的,您完全有权利这样做,因为他曾经答应过您。而且从各方面来看,他是一个对人温和、品行端正的人,"我继续说,感情也因自己那合乎逻辑的论证而愈来愈兴奋了,"他怎样做了?他用诺言约束了自己。他说了,只要他能结婚,除了您,他不会娶任何人的;而对您他却给了充分的自由,即使此刻您拒绝了他……在这种情况下,您可以走出第一步,您有权利,您有比他优先的权利,即使,譬如,您想对他解除诺言的约束……"

"听着,那您怎样去写?"

"写什么啊?"

"信呀。"

"要是叫我写,那就这样:'仁慈的先生……'"

"必须这样写吗——仁慈的先生?"

"必须!不过,为什么不呢?我以为……"

"得了,得了!继续说下去吧!"

"'仁慈的先生!

"'请原谅我……'不,还是不用这些请原谅之类的词!因为事实本身就证明了一切,干脆就这样写:

"'我写信给您。请原谅我的急躁;可

是整整一年了,我在希望中幸福地生活着;此刻这令人疑惑的日子我一天也不能忍耐了,我是不是错了呢?现在,您已经回来,也许您已经改变了主意。那就让这封信告诉您,我是不会抱怨和责怪您的。我之所以不责怪您,是因为我不能对您的心发号施令;这是我的命运!

"'您是位品行高尚的人。您不会因我那些迫不及待的话而发笑,而感到厌烦吧。请您想想,这信是由一个可怜的姑娘写的,她孤单单的,没有人开导她,也没有人来给她出主意,而且她从来不会自己管住自己的心。但是,请原谅我即使是一刹那间在心里产生的怀疑。您决不会有意去侮辱这样一个非常爱您而且现在还在爱您的姑娘的。'"

"是的，是的！这正和我想的一样！"娜丝金卡叫道，眼睛里闪出了快乐的光芒，"哦，您解开了我的疑团，上帝把您赐给我！谢谢！谢谢您！"

"谢什么？谢上帝把我赐给您？"我回答说，兴奋地望着她那快乐的小脸蛋儿。

"是的，即使是为这个。"

"嘿，娜丝金卡，真的，有时我们只是为了别人能同我们一起生活而感激他们。我感谢您是因为我遇到了您，是因为我这一辈子都会记住您！"

"好了，别说了，别说了！现在应该，您听着，当时有个约定，他一回来就立马让我知道，方法是：在一个地方，我的那些善良朴实的熟人那里，给我留下一封信，他们对这件事一点也不知道；或者，倘若不能给我写信，因为在信中不是经常能把一切话都说出来的，那么他就在回来的当天，在十点钟，就到这里来，我们约定在这里和他会面。我已经知道他回来了；但已经是第三天了，既不见信又不见人。一大早我无论如何也离不开祖母。明天请您把我的信送到那些我已经对您说过的好人那里，他们会转给他的；如果有回信，那就请您自己在晚上十点钟的时候带给我。"

"可是信呢？信呢！要知道首先得写好信！只有这样，到后天才能办这事。"

"信……"娜丝金卡回答说,有些发窘了,"信……但是……"

可她没有把话说完。她先背过自己那红得像玫瑰的脸蛋儿,然后突然我觉得我手里有封信,显然这是一封老早前就已经写好、封好、准备发出的信。一个熟悉的、亲切而美好的回忆在我脑海里闪过。

"罗——罗,西——西,娜——娜!"我开始唱起来。

"罗西娜!"我们共同唱起来,我兴奋得差点儿抱住她,她的脸红得不能再红了,满含泪水地笑着,泪水在她那乌黑的睫毛上像珍珠般颤抖着。

"那么好了,好了!现在该分手了!"

她急切地说。

"瞧,这是信,这是送信的地址。再见!再见!明天见!"

她紧紧握住我的双手,点点头,像箭一般飞快地进了自己的胡同。我久久站在原地,目送着她走去。

"明天见!明天见!"当她已经在我的眼里消失时,我的脑子里还响着这个声音。

第三夜

今天是个阴沉的、下雨的日子,没有一丝光亮,正像我那未来的晚年。这种奇怪的念头,这种阴暗的感觉,压抑着我,在我脑子里塞满了那些当时我还不明白的问题——似乎既无能力、也不想去解决的问题。所有这一切我是解决不了的!

今天我们不会见面了。昨天,在我们分手时,乌云遮住了天空,雾升起来。我说,明天将是个坏天气;她没有回答,她不想勉强自己说话；对于她，这一天应该是明亮晴朗的，没有一片乌云能遮住她的幸福。

"要是下雨，我们就不要会面了！"她说，"我不会来的。"

我想，她即使没有觉察到今天有雨，也未必会来的。

昨天是我们第三次会面，我们的第三个白夜……

然而，快乐和幸福能把一个人变得多么美好呀！心里充满了爱！仿佛你想把自己整颗心都灌注到另一颗心里，你想使一切都快乐，一切都眉开眼笑。这种快乐是多么富有感染力啊！昨天在她的谈话里蕴含着那么多发自内心的对我的爱抚和善意啊……

她竭力讨我欢心，对我表示亲热，鼓励我，抚慰我！哦！快乐能给人多少娇媚啊！而我……我把这一切都信以为真；我以为，她……

可是，我的天，我怎么能这样想呢？我怎么能这样蠢呢？当这一切已被另外一个人占有，一切都不是我的；而且甚至她这种温柔，这种关怀、这种爱……是的，对我的爱——不外乎是对即将会见另外一个人时的那种快乐，把自己的幸福强加在我身上的愿望……当他没有到来，当我们毫无结果地等待时，她便皱起了眉，感到羞涩和胆怯。她的所有举动、她的每句话，已经不再是那样轻松、顽皮而活泼了。然而，奇怪的是——她倒是加倍地注意起我来,仿佛本能地希望我吐露那为她所希望的、但又害怕的东西,如果它不能实现的话。我的娜丝金卡是那样害怕、那样惊慌,仿佛她终于明白我在爱她了,而且对我的不幸的爱,流露出一种怜悯。是的,当我们不幸的时候,我们愈发能体会到别人的不幸;感情不是不会碎裂,而是更加集中了……

我怀着一颗充满希望的心去见她,好不容易才等到相会。我没有预感到我将会有什么样的感觉,也没有预感到这一切并不会是这么结束。她兴致勃勃地在等待着回答。回答就是他自己。他应该到这里来,应该响应她的召唤立刻跑来。她比我早到整整一个钟头。起初她看到什么都笑，笑我的每句话。我本想开始说话，可是没有作声。

"您知道吗？为什么我这样高兴？"她说，"这样喜欢瞧着您！今天这样爱您！"

"为什么？"我问，我的心颤抖了。

"我爱您是因为您没有爱上我。倘若是另外一个人，处在您的位置，一定会来麻烦我，纠缠我，又哭又闹，而您是这样可爱！"

说到这里她当即紧紧地握住我的手，使我几乎叫出声来。她笑了。

"天哪！您真是个好朋友！"过了一分钟，她开始十分严肃地说，"您是上帝赐给我的！假使此刻没有您在我的身边，我真不知道自己会发生什么事!您真是个舍己为人的人!您对我的爱是多么真挚啊!等我结了婚,我们会非常友好地相处的,比亲兄弟还要亲。我差不多要像爱他一样爱您了……"

在这一瞬间不知怎的,我难过极了;不过,一种类似取笑的感觉在我心里发生了。

"您的情绪很坏。"我说,"您害怕了;您以为他不会来了。"

"上帝保佑您!"她回答说,"如果我不是这么快乐,我想必会因您缺乏信心和您的责备而哭起来的。不过,您使我产生了一个念头,给我提出了一个值得深思的问题;这点我以后再去想。可是现在我承认您说得对。是的!我有点不能自持;我好像完全处于等待中,并且觉得一切似乎都太容易了。哦,何苦呢,我们别谈感情吧!……"

这时传来脚步声,在黑暗中有人迎面向我们走来。我们俩都哆嗦了一下:她差点儿喊出来。我松开她的手,做出准备走开的姿势。但是我们弄错了;这不是他。

"您怕什么?您为什么放开我的手?"她说,又把手递给了我,"来,怕什么?我们一起迎接他。我想让他看到我们彼此怎样相爱。"

"我们彼此怎样相爱!"我叫起来。

"哦,娜丝金卡,娜丝金卡!"我想,"您用这个字眼说明了多少东西啊!娜丝金卡,有时由于这种爱,心会变冷,灵魂会感到沉重。您的手冰冷,我的手像火似的滚烫。您是多么糊涂啊,娜丝金卡!……哦!一个幸福的人有时是多么令人难以忍受啊!但是我不能对您生气!……"

最后,我的心实在不能再忍耐了。

"请您听着,娜丝金卡!"我叫着,"您知道整整一天我是怎样度过的吗?"

"怎么啦?这是什么意思?快说!干吗您一直不开口呢?"

"首先,娜丝金卡,我完成了您的全部委托,送了信,在您那善良的人那儿待了一会儿,然后……然后我回家,躺下睡觉。"

"就是这些?"她笑着打断我的话。

"是的,差不多就是这些。"我很勉强

地回答说,因为在我的眼里已经充满了愚蠢的泪水,"我在我们相会前一个小时醒来,但是又好像没有睡过觉似的。我知道我发生了什么事。我走来,想把这一切都告诉您,仿佛时间对我停止下来,仿佛一种感觉,一种感情,从这时起应该永远留在我的心里,仿佛那一分钟应该继续一生一世,仿佛整个生活对我都停止了……当我醒来时,我觉得,似乎有一支乐曲,老早前就听过的并熟知的、后来又忘了的、甜蜜的乐曲,现在又回到我的心头。我觉得,它是一生中在我心灵里所寻求的东西,而只是现在……"

"哦,我的天哪,我的天哪!"娜丝金卡打断我的话,"这一切都是怎么回事?我一句话也听不懂。"

"是啊，娜丝金卡！我只想不管怎样要把这种奇怪的印象告诉您……"我用埋怨的声调说，在这种声调里仍然隐藏着希望，虽然是十分渺茫的希望。

"得了，别说了，得了！"她说，在这一刹那，她猜到我要说的话了，小滑头！

突然间她变得好像非常多话、快乐而且顽皮了。她挽住我的手臂，笑起来，她想让我也笑，于是对我每句腼腆话都报以高声而且长时间的大笑……我开始生气了，她立刻撒起娇来。

"听着，"她开始说，"因为您没有爱上我，我确实有点恼火。这您以后再去搞清楚这个人吧！但是毕竟，倔强的先生，您不能不赞扬我是一个单纯的姑娘。现在我全都告诉您，哪怕是最愚蠢的念头，只要在我脑子里闪过的，我都告诉您。"

"听，好像是十一点钟了？"我说，远处城楼上响起有节奏的钟声。

她突然停下来，不再笑了，开始数起钟声。

"是的，十一点钟了。"她终于用胆怯、犹豫不决的声调说。

我立刻懊悔自己一时发惝而惊吓了她，迫使她计算起时间来了，我替她难过，可是我不知道该怎么来弥补自己的过失。

我开始安慰她，寻找他没有来的原因，

提出种种理由和证据。在这一刹那,没有人会像她这样容易受骗,虽然任何一个人在这种时刻都喜欢听一些令人安慰的话,即使是一个莫须有的理由,也会为之欣喜若狂。

"而且这是件可笑的事,"我开始说,愈来愈激动,也愈发信服自己那异常清楚的论断了,"是呀,他是不可能来了,您把我骗了,搞糊涂了,娜丝金卡,弄得我连时间都忘记计算……您只要想想:他刚刚收到信,就算他不能来,就算他要写回信,那么最早也要到明天才能接到回信。我明天一早就去取信,然后立刻告诉您。最后,您还要想到,万一信到的时候他不在家,而且,也许直到现在他还没有看到信。要知道什么事情都会发生的。"

"是的，是的！"娜丝金卡回答说，"我没有想到；当然什么事情都会发生的。"她用一种好商量的语调继续说，然而却透露出某种仿佛令人苦恼的不和谐的声音，某种遥远的想法。"您这样办吧，"她继续说，"明天您尽早去，如果得到什么消息，马上来告诉我。您已经知道我的住址，对吗？"于是她把自己的住址重述一遍。

随后她忽然变得对我特别温柔、特别胆小起来……她好像在留心听我说话；但是当我问她时，她却默不作声，窘困地将头背过去，我望了望她的眼睛———一点不错，她哭了。

"哦,别这样,别这样!瞧,您真是个孩子!太孩子气了!……得了!"

她试图笑笑,试图平静下来,不再哭,可她的下巴颏却在颤抖,胸部也轻轻地一起一伏。

"我在想您,"她沉默了片刻后对我说,"您是这样善良,倘若我感觉不到这点,那我就是铁石心肠了……您知道现在我脑子里在想什么吗?我比较了你们两人。为什么他——不是您?为什么他不像您?他没有您好,虽然我爱他甚于爱您。"

我什么也没有回答。她显然在等待我说点什么话。

"当然,我也许还不完全了解他,不完

全知道他。您知道,我好像总是怕他,他永远是那样严肃,似乎很骄傲。当然,我知道这只是他的外表,其实他的心比我还要温柔……我记得,当我提着包袱去找他的时候,他是怎样瞧我的;但不知怎的我总是非常尊敬他,这似乎表明我们彼此并不相称?"

"不,娜丝金卡,不。"我回答说,"这说明您爱他胜过世上一切,胜过爱您自己。"

"是的,假定真是这样,"天真的娜丝金卡回答说,"但您知道我现在脑子里想什么吗?不过现在我不去说他,而是一般地说;这一切早已经钻到我脑子里来了。听着，为什么我们俩不能亲如兄弟？为什么一个顶好的人，似乎总要向对方隐瞒点什么，对他不告诉点什么东西？为什么一个知道自己的话不会被当耳旁风的人，现在却偏要拐弯抹角地来倾诉自己的衷肠呢？似乎每个人看起来总要比他的真实面目森严得多，似乎每个最先袒露自己心扉的人，最怕伤害自己的感情……"

"是的，娜丝金卡！你说得很对；可是要知道，这是许多原因造成的。"我打断她的话，在这一刻我的感情比任何时候都受到压抑。

"不，不！"她深情地回答说，"比方，您就不和别人一样！我真不知道该怎样对您说出我的感觉;但是我觉得,譬如您……就说此刻吧……我觉得,您在为我做出某种牺牲,"她胆怯地匆忙地瞥了我一眼,"请您原谅我这样对您说:要知道我是一个普通姑娘;要知道世界上的东西我见到的还很少,而且老实说,有时我不大会说话,"她补充说,声调因某种深藏在内心的感情而颤抖了,可是她竭力装出笑脸来,"但是我只想告诉您,我是知恩的,而且我也感觉到了这一切……哦,愿上帝为此而赐福给您吧!至于上次您对我说的关于您的幻想家的话,纯粹是胡说八道,也就是说,我想告诉您,它根本和您不相干。您会康复的,说真的,您完全是另一个人,绝不像您自己所描述的那样。如果您将来某个时候爱上了一个人，但愿上帝赐福给您和她！对于她，我用不着再祈求什么，因为她和您在一块会幸福的。我知道，我自己就是个女人，您应该相信我，既然我对您这样说……"

她沉默下来，紧紧地握住我的手。我也激动得说不出任何话来。这样过了几分钟。

"是呀，看来，今天他是不会来了！"最后她抬起头说，"很晚啦！……"

"他明天会来的。"我说，语气自信而且坚定。

"是的，"她快活了起来补充说，"现在我也看出来，他只好明天来了。好吧，再见吧！明天见！假如明天有雨，我可能就不来了。但是,后天我一准来,不管发生什么事我肯定会来;您也一定到这里来;我想见到您,我要把一切都告诉您。"

随后,我们告别时她伸过一只手,坦然地望着我说:

"现在我们要永远在一起了,对吗?"

哦!娜丝金卡,娜丝金卡!如果你要是知道我此刻是多么孤独,这该有多好啊!

钟在敲第九下的时候,我已经在家里坐不住了,我穿好衣服,走了出去,虽然阴雨绵绵。我到了那里,坐在我们的椅子上。我本想向他们的胡同走去,但很害臊,而且只差两步就到他们家了,我却连他们的窗户都不敢望一眼就又转回来。我怀着从未有过的忧郁情绪回到家。这是多么潮湿、孤寂的时辰啊!倘若是个好天气,我准会彻夜不停地在那里散步……可是,明天见,明天见!明天她会把一切都告诉我的。

然而今天没有信来。不过,本该如此。他们已经在一起了……

第四夜

天啊，这一切是怎样结束的！这一切是以什么方式结束的！

九点钟的时候，我来到了这里。她早已来了。老远我就发现了她；她站着，像那时，像第一次见到时那样，臂膀靠在岸边的栏杆上，当我走到她身旁的时候她竟没有听见。

"娜丝金卡！"我叫她，竭力抑制住自己的激动。

她急速地转向我。

"好吧!"她说,"好吧,快说!"

我困惑不解地望着她。

"那么,信呢?您把信带来了吗?"她重复说,一只手抓住栏杆。

"没有,我没有信,"我终于说,"难道他还没有来过?"

她的脸苍白极了,很长时间一动不动地望着我。我粉碎了她最后的希望。

"好吧,不管他!"她终于声音断断续续地说,"不管他,他既然这样抛弃我。"

她垂下了眼,之后,想看我一眼,但没有做到。又过了几分钟她抑制住自己的激动,但是突然又掉过头去,把臂膀靠在岸边的柱形栏杆上，痛哭起来。

"别哭了，别哭了！"我说，但是看到她的样子，我没有力量说下去了，看了看她，而且我又能说什么呢？

"不要安慰我，"她哭着说，"不要说他，不要说他一定会来，说他不会这样残酷、无情地抛弃我，像他做的这样。为什么？为什么？难道在我的信里，在这封倒霉的信里有什么不对吗？……"

这时哭声压过了她的话声；望着她，我的心都要碎了。

"哦，这是多么残酷无情！"她重复说，"连一个纸条都没有，一个纸条都没有！即使回答说他不需要我，他抛弃了我，这也可以呀；可是整整三天了，连一个字都没有！伤害和侮辱一个可怜的、无力自卫的姑娘，对他来说是多么轻而易举啊！而她的错误就在于她爱他！哦！在这三天我忍受了多少痛苦！我的天，我的天哪！我一想起，我第一次去找他的时候，对他低声下气，痛哭流涕，恳求他给我即使一点点爱……可是结果呢……听我说，"她说，面对着我，她那黑色的眼睛闪闪发光，"这是不可能的！这是不应该的，这是矫揉造作！或者是您或者是我给弄错了，也许他没有收到信？也许直到现在他还不知道？怎么可以这样，请您评评，请您告诉我，看在上帝面上，给我解释解释吧——我不能理解——怎么可以这样野蛮粗鲁地对待我!连一个字都没有!而人们对世上坏得不可救药的人还抱有怜悯呢!也许他听到了什么,也许有人对他说了我什么坏话?"她叫起来,面对着我问,"您怎么想,嗯?"

"听着,娜丝金卡,明天我以您的名义去找他。"

"好!"

"我要问他一切,告诉他一切。"

"好,好!"

"您写信吧。不要说不,娜丝金卡,不要说!我要让他尊重您的行为,他会知道一切的,可是如果……"

"不,我的朋友,不,"她打断我的

话,"够了!我不会再写一句话、一行字了,——够了!我不认识他,我不再爱他了,我会忘——掉——他——的……"

她没有说完。

"镇静些,镇静些!请坐在这儿,娜丝金卡。"我说,扶她坐到椅子上。

"我很镇静。不要再说了!事情到此为止!至于眼泪嘛,它会干的!您以为我会自杀,我会跳河?……"

我的心沉重极了,我想说话,但不能。

"听着!"她握住我的一只手继续说,"您说:您不会这样做吧?您不会抛弃一个自己上门去找您的姑娘吧!您不会无耻地嘲笑她那软弱而愚蠢的心?您会爱护她?您会想到,她是孤单的,她不会照料自己,她为爱您而不会保护自己,她没有错,真的,她没有错……她没有做任何事!……哦!我的天哪,我的天哪……"

"娜丝金卡!"我实在无力克制住自己的激动,叫道,"娜丝金卡!您使我苦恼极了!您刺伤了我的心,您在折磨我,娜丝金卡!我不能沉默!我一定要讲出来,讲出那塞满我心头的一切……"

说到这里我从椅子上站起来。她抓住我的一只手,吃惊地看着我。

"您怎么啦?"她终于说。

"听着!"我果断地说,"听我说,娜丝金卡!现在我要说的,全都是废话,全都是不能兑现的、愚蠢的东西!我知道这是永远不会发生的,但是我不能沉默。我以您此刻为之痛苦的东西的名义,事先恳求您,请您原谅我!……"

"什么,什么,您说什么?"她说,不再哭了,专心致志地望着我,这时,一种古怪的、好奇的神情在她那惊诧的眼睛里闪烁发光,"您怎么啦?"

"这是办不到的,但是我爱您,娜丝金卡!这就是我要说的话!现在我都说出来了!"我说,挥动了一下手,"现在您看到了,您能像刚才那样同我说话吗?而且,您能听我要对您说的话吗……"

"噢,那又怎样呢?"娜丝金卡打断我

的话，"这说明了什么呢？是的，我早就知道您爱我，可是我总觉得，这不过是普普通通的、随随便便的爱而已……啊，我的天哪，我的天哪！"

"起初的确是普普通通的，娜丝金卡，而现在，现在……我正像您那时提着包袱去找他的心情一样。比您还要坏。娜丝金卡，因为那时他没有爱别人，而您却在爱另外一个人。"

"您对我说些什么呀！真的，我一点也不明白。不过您听着，干吗要这样，不，不是干吗，而是为什么您要这样，这样突然……天哪！我说蠢话了！可是您……"

娜丝金卡惊慌失措了。她的双颊绯红，

垂下了眼睛。

"叫我怎么办呢，娜丝金卡，怎么办呢！我错了，我滥用了您……但是不，不，我没有错，娜丝金卡，我听到了并且感觉到了这个，因为我的心对我说，我是对的，因为我是决不会侮辱您、损害您的！我过去是您的朋友；而且现在还是您的朋友！我决不背信。瞧，现在我的眼泪流下来了，娜丝金卡。让它们流吧，让它们流吧——它们不会妨碍任何人的。它们会干的，娜丝金卡……"

"请坐下来，坐下来吧，"她说，把我按在椅子上，"哦，我的天呀！"

"不，娜丝金卡，我不要坐；我已经不

能在这儿再待下去了,您不会再见到我;我说完就走。我只想告诉您,您本来可以永远不知道我在爱您。我会严守自己的秘密。我不会在此刻,在这一分钟,用我的利己主义来折磨您。不过,现在我忍耐不住了;是您自己提醒了我,是您的错,完全是您的错,而不是我错了。您不能把我从您身边赶走……"

"是的,不能,不能,我不能把您赶走,不能!"娜丝金卡说,竭力掩盖着自己的窘困,可怜的姑娘。

"您不赶走我?不!可我自己要离开您了。我马上就走,不过我得首先说明,因为当您在这里说话的时候,我坐不住,当您在这里哭,您(瞧,我要说这件事了,娜丝金卡)由于别人抛弃您,由于您的爱遭到拒绝而万分悲痛时,我感到,我听到,在我内心对您蕴藏着多么多的爱啊!娜丝金卡,多么多的爱啊……我感到非常苦涩,我竟不能用这种爱来帮助您……我的心碎了,我,我——不能沉默,我要说话,娜丝金卡,我要说话……"

"是的,是的!对我说吧,就这样对我说吧!"娜丝金卡说,做出一个难以理解的动作,"也许,我这样对您说话您会觉得奇怪,但是……说吧!以后我会告诉您!我要告诉您一切!"

"您怜悯我,娜丝金卡;您纯粹是怜悯

我,我的亲爱的朋友!失掉的就让它失掉吧!说过的话是收不回来的!对吗?好吧,那么您现在知道了一切。就让这作为出发点吧。那么,好吧!现在一切都很好;不过您听着。当您坐着痛哭时,我独自想(哦,让我把我想的东西说出来吧!),我想(当然,这是不可能的,娜丝金卡),我想,您……我想,您不一定会……是的,完全用另外一种方法,不再爱他。那时——这点我在昨天和第三天就已经想过,娜丝金卡——那时我就会这样做,我一定会这样做,要您来爱我:要知道您曾告诉我,是您自己告诉我的,娜丝金卡,您已经差不多要完全爱上我了。那么,以后呢?好了,我想说的差不多就是这些了;只是还要说,假如您爱上我,那时会怎么样,就是这一点,没有别的了!听着,我的朋友——因为您毕竟是我的朋友——我,当然,是个普普通通的人,贫穷的、微不足道的人,不过问题不在这里(我说得好像总不对头,大概是太难为情了,娜丝金卡),而在于我是这样爱您,这样爱您,即使您还在爱他,还在继续爱那个我不认识的人,但是您永远不会发现我的爱会对您是沉重的。您只会听到,您只会感觉到,每分钟在您身旁有一颗感激的心,火热的心,在为您跳动……哦,娜丝金卡,娜丝金卡!您使我变成什么样子了啊!……"

"不要哭,我不愿意您哭,"娜丝金卡

说，迅速地从椅子上站起来,"走，起来，跟我一起走,不要哭,不要哭,"她说,用自己的手帕擦去我的泪水,"好啦,现在走吧;也许,我会告诉您些什么……是的,既然现在他遗弃了我,既然他忘记了我,虽然我还在爱他(我不想欺骗您)……但是,听着,请回答我。假如我,譬如,爱上您,也就是说,假如我仅……哦,我的朋友!我的朋友!想当初,想当初我侮辱你,嘲笑您的爱情,赞扬您没有爱上我!……哦,天哪!我怎么就没有预料到,怎么就没有预料到,我是这样愚蠢,但是……好啦,好啦,我决定了,我全都说出来……"

"听着,娜丝金卡,您知道吗?我要离

开您,这就是我要说的话!我简直在折磨您。瞧,现在您在为您曾经嘲笑我而感到良心的谴责,可是我不愿意,是的,我不愿意使您,除了您自己的痛苦外……当然,这是我的过错,娜丝金卡,再见吧!"

"等等,听我说,您能等一下吗?"

"等什么,什么事?"

"我爱他;但这会过去的,也应当过去,它不能不过去,瞧,就要过去了,我听到了……谁知道,也许今天就要结束,因为我恨他,因为他嘲笑我,而现在您在这里却和我一起哭,因为您不会像他那样抛弃我,因为您爱我,而他不爱我,最后,因为我自己爱您……是的,爱您!像您爱我那样爱您;这点还在以前我就对您说过,您是听到了的——我爱您是因为您比他好,是因为您比他高尚,是因为,因为,他……"

可怜的姑娘激动极了,她连话也没有说完,就把自己的头靠在我的肩上,然后倒在我的怀里,伤心地痛哭起来。我安慰她,劝她,但是她不能止住哭;她总是握着我的一只手,呜呜咽咽地说:"等等,等等;瞧我现在不哭了!我想告诉您……您不要以为,这些眼泪——是这样,是由于懦弱,等一下就会过去的……"她终于止住哭,擦了擦泪水,我们又走起来。我本想说话,但她总求我不要说。我们都沉默不语……最后,她鼓起勇气开始说话啦……

"是这样，"她开始说，声音微弱而且颤抖，却夹杂着一种直刺心脏的甜蜜而心酸的声音，"您不要以为我是这样轻浮多变，您不要以为我会这么轻率迅速地忘记和背叛自己的诺言……我爱他整整一年，而且我敢对上帝发誓，我从来，从来，甚至没有背叛过他的念头。他蔑视这一点；他嘲笑我——去他的吧！他侮辱了我，伤了我的心。我——我不爱他，因为我只能爱那仁慈、高尚而且理解我的人；因为我自己也是这种人，而他不值得我爱——好啦，不管他吧！他这样做倒好些，否则以后知道他是这种人我会大失所望的……好吧，一切结束了！但是怎么知道，我亲爱的朋友，"她继续说,握住我的一只手,"怎么知道,也许,我的全部爱情是受感情和幻想的欺骗,也许,从一开始就是一场微不足道的恶作剧,因为我在祖母监督下?也许我应该爱另外一个人,而不是他,他这种人,爱另外一个能同情我的人,而且,而且……哦,不说了,不说这些了,"娜丝金卡打住话头,激动得喘不上气来,"我只想告诉您……我想告诉您,如果,虽然我还在爱他(不,曾经爱他),如果,虽然您还会说……如果您觉得,您的爱是那样深沉,它总有一天会从我的心里挤走从前的爱……如果您想怜悯我,如果您不想抛下我,让我孤苦伶仃、痛苦无望地生活一辈子,如果您想永远爱我,像现在这样爱我,那么我发誓,感激……我的爱终归会配得上您的爱的……现在您接受我的爱吗?"

"娜丝金卡,"我叫起来,哭声使我喘不上气来,"娜丝金卡!……哦,娜丝金卡!……"

"好啦,别说了,别说了!好啦,现在什么都别说啦!"她说,勉强地抑制住自己的感情,"那么,现在已经全都说了;对吗?是这样吗?您是幸福的,我也是幸福的;别再提这件事了;等等,请饶恕我……看在上帝面上!请您谈点别的事情吧……"

"对,娜丝金卡,对!不谈这件事了,现在我很幸福,我……好啦,娜丝金卡,好啦,我们谈点旁的事,快,快说呀;是的,我等着呢……"

然而,我们不知道谈什么好,我们笑,我们哭,我们说了许多既无意义,又不连贯的话;我们时而沿人行道走,时而突然转回来,穿过马路;然后停下,又走上河岸;我们简直像孩子……

"我现在一个人住,娜丝金卡,"我说,"可是明天……哦,当然,您知道,娜丝金卡,我是个穷光蛋,我总共有一千二百卢布[1],但这没有关系……"

---

[1] 卢布,也称俄罗斯卢布,是俄罗斯的本位货币单位。现在1俄罗斯卢布 ≈ 0.0777 人民币。

"当然没有关系,祖母有养老金;她不会增加我们负担的。要祖母和我们一起住。"

"自然,要祖母和我们一起住……不过还有玛特林娜……"

"哦,对了,还有我们家的菲克拉!"

"玛特林娜善良,只有一个缺点:她没有想象力。娜丝金卡,一点想象力也没有;但这没有关系!……"

"横竖一样;她们俩可以在一起;不过您明天要搬到我们家来。"

"怎么?搬到你们家!好吧,我愿意……"

"是的,您在我们家租一间房子。我们顶楼上那间空着的,本来有位房客,是个贵族老太太,她搬走了,于是祖母,我知道,她就想找一个年轻人来住。我说:'干吗要找年轻人?'她说:'是这样,我已经老了,可是你不要以为,娜丝金卡,我是在为你找丈夫。'我猜到了,她正是为了这个……"

"哦,娜丝金卡!……"

我们俩都笑起来。

"好啦,别谈了,别谈了,可是您住在什么地方呢?我都忘了。"

"住在×桥附近,巴兰尼克夫大楼。"

"是那座大楼吗?"

"是的,是那座大楼。"

"唔,我知道,房子挺不错,不过要知道,您要离开那里快点搬到我们家来……"

"明天就搬，娜丝金卡，明天就搬；我欠那里一点房租，不过这没有关系……很快我就会拿到薪水的……"

"可是您知道，也许，我可以去教书；自学一下就去教书……"

"那太好了……可我很快就会得到赏金，娜丝金卡……"

"那么，您明天就是我家的房客了……"

"是的，而且我们还要一同去看《塞维尔理发师》，因为马上又要上演这个剧目了。"

"是的，一定去看，"娜丝金卡笑着说，"不，最好我们不要去看《塞维尔理发师》，而去看别的戏……"

"那么，好吧，去看别的戏；当然，这样更好，可我就没有想到……"

我们俩一边谈，一边走，好像在万里迷雾中一般，自己也不知道我们干了些什么。我们时而停下来，久久地在一个地方谈话，时而又放开大步走着，天晓得我们到了什么地方，又是笑，又是哭……忽然娜丝金卡想要回家，我不敢挽留她，我想送她回家；我们上了路，可是过了一刻钟，忽然我们又出现在岸上我们坐过的椅子旁边。她叹了一口气，眼泪重新涌上她的眼眶；我胆怯了，全身发冷……但是她立刻握住我的手，重新拉我走，东拉西扯地说个不停……

"现在该回家了,我该回家了;我想,很晚了?"娜丝金卡终于说道,"我们胡闹得也差不多了!"

"是的,娜丝金卡,不过我现在睡不着;我不想回家。"

"是的,我也睡不着;不过您送送我吧……"

"那当然!"

"现在我们该一直走到家门口。"

"自然,自然……"

"当真?……因为要知道,终归是要回家的!"

"这是实话。"我笑着回答说……

"那么,走吧!"

"走。"

"您看这天,娜丝金卡,您看!明天将是非常好的天气;多么蓝的天,多么美丽的月亮啊!瞧,这片黄色的云马上就要遮住它!瞧!瞧!……不,云过去了。您瞧,瞧!……"

但是娜丝金卡没有望云,她默默地、一动不动地站着;过了一分钟,不知怎的,她胆怯地、紧紧地靠拢我。她的手在我的手里发抖;我望她一眼……她愈发靠近我了。

在这一分钟,一个年轻人从我们身旁走过。他忽然停了下来,特意地看了我们一眼,随后又走了几步。我的心颤抖了……

"娜丝金卡,"我小声说,"这是谁,娜

丝金卡?"

"是他!"她轻声回答,战战兢兢地靠在我身上……我站不稳了。

"娜丝金卡!娜丝金卡!是你!"紧跟着我们的话传来这个声音,在这一分钟,年轻人向我们走近几步。

天哪,这是怎样的叫声啊!她颤抖着!挣脱我的手,飞快地跑去迎接他!……我站着,万分悲痛地望着他们。但她刚把手伸给他,才投入他的怀抱,又猛然转过身,在我还没有醒悟过来前,她像旋风、像闪电一般出现在我的身边,用双手搂住我的脖子,紧紧地、热烈地吻我。然后什么话也没有说就又跑到他跟前,挽起他的手,带着他走了。

　　我久久地站着,望着他们的背影……直到他们俩在我的视线里消失。

早晨

早晨到了,我的夜结束了。天气不好。雨纷纷而下,凄凉地敲打着我的玻璃窗;房间里很暗,院子里阴沉沉的。我的头发晕、疼痛,浑身发烧。

"你的信,老爷,城里邮差送来的。"玛特林娜对我说。"信!谁来的?"我叫道,从椅子上跳起来。

"我不知道,老爷,你瞧瞧,也许上面写着邮寄人。"我拆开信、是她寄来的!

"哦,请您饶恕我,饶恕我吧!"娜丝金卡写道,"我跪着恳求您的宽恕!我骗了您也骗了我自己。这是梦,这是幻影……今天我为您痛苦极了,请饶恕我,饶恕我吧!……

"不要责备我,因为我对您丝毫没有改变;我说过,我会爱您的,而且现在我还在爱您,十分地爱您。哦,天哪!倘若我能同时爱你们俩该有多好!哦,倘若您是他!"

"哦,倘若他是您!"这句话突然在我脑海里闪过。我记起您的话来了,娜丝金卡!

"上帝知道,我现在对您做了什么!我知道,您伤心,您难过。我伤害了您,但是您知道——既然您爱我,就不会老是记恨在心。而您是爱我的!

"谢谢！是的！谢谢您这种爱。因为它像一个甜蜜的梦深深地铭记在我的记忆中，在醒来之后很久还记着它；因为我会永远记住那一瞬间，您是那样兄弟般对我敞开胸怀，您是那样无私地承受我这颗受伤的心，为的是保护它，爱抚它，治好它……如果您肯饶恕我，那么这种对您的记忆，将会成为我心目中永不磨灭的、永生永世的、对您感激的深情……我将保存这个记忆，对它忠诚，决不背叛，决不背叛自己的心：它实在是太牢固了。还在昨天，它就那样毫不迟疑地回到了那个永远占有它的人那里。

"我们会见面的，您会到我们这儿来的，您不会抛下我们的，您永远是我的朋友,我的兄弟……当您再看到我的时候,您会同我握手吗……是吗?您会把手伸给我的,您饶恕我了,对吗?您仍然像从前那样爱我,对吗?

"哦,爱我吧,不要离开我,因为在这一刻,我是那样爱您,因为我值得您爱,因为我配得上它……我的亲爱的朋友!下个礼拜我就要出嫁了。他仍然爱我!他从来没有忘记我……您不要因为我写到他而生气。我想和他一起去看您;您会爱他的,对吗?……

"请饶恕我,记住并爱我吧!你的娜丝金卡。"

我久久地读着这封信;泪水从我的眼睛里流下来。信终于从我的手上滑落下去,我掩住了脸。

"亲爱的！亲爱的！"玛特林娜叫。

"什么事，老婆婆？"

"我把天花板上的蜘蛛网都扫掉了；现在哪怕你马上结婚，宴客，都是时候……"

我望着玛特林娜……她本来是一个精神饱满的老太婆，然而不知道为什么，我忽然觉得，她已经满脸皱纹，目光疲惫，勾腰驼背……不知道为什么，我忽然觉得我的房间也像老太婆一样那么陈旧。墙壁、地板都褪色了，一切都显得黯淡无光；蜘蛛网散布得比先前还多。不知道为什么，当我向窗口瞧时，我觉得，对面的房子也变得老朽不堪，失去光泽，圆柱上的灰泥脱落下来，撒了一地，房檐发黑，显出许多裂缝，明亮的深黄色墙壁出现了花斑……

是阳光陡然从乌云中探出头来又急忙躲进黑云里，一切在我的眼睛里变得黯然失色呢？或者，也许，是我面前闪现出那样令人不快的、悲惨的我的未来的远景？于是我看到自己，像我现在这样，经过整整十五年，是这样衰老，而且孤独，仍然同玛特林娜住在原先那间房子里，而她在所有这些年里丝毫没有变得聪明点。

但让我记住我的创伤，娜丝金卡！让我在你的愉快的无忧无虑的幸福上罩上阴云；让我在苦涩地责备你以后，在你心上激起忧伤，使你的心暗自受到谴责而痛苦，迫使它在快乐的时刻苦闷地跳动;让我践踏即使是这些娇嫩的花中的一朵,这些花是你在同他上教堂时编织进自己那黑色的鬈发中的……哦,决不!决不!但愿你的天空明朗,但愿你快乐,但愿你的亲切的笑容安然无恙,但愿你在快乐幸运的时刻受到祝福,因为你曾经把幸福带给过另一颗孤独的感激莫名的心!

我的天啊!整整一分钟的快乐,难道即使在人的一生中还不够吗?……

新流
xinliu

产品经理 _ 于志远　特约编辑 _ 李睿

封面设计 _ 朱镜霖　营销编辑 _ 肖瑶　产品监制 _ 吴高林

鸣谢

莫斯科苏联人民艺术家伊利亚·格拉祖诺夫国立美术馆

Moscow State Art Gallery of the People's Artist of the USSR Ilya Glazunov

Volkhonka Street 13, Moscow, Russia, 119019

www.glazunov-gallery.ru

流动的智慧　永恒的经典

图书在版编目（CIP）数据

白夜 /（俄罗斯）陀思妥耶夫斯基著；陈琳译.
南京：江苏凤凰文艺出版社，2024.9（2025.8重印）.
ISBN 978-7-5594-8733-9

Ⅰ. I512.44

中国国家版本馆CIP数据核字第2024CV2747号

本书文字作品由中国文字著作权协会授权，电话：010-65978905，传真：010-65978926，E-mail：wenzhuxie@126.com。

白夜

[俄罗斯] 陀思妥耶夫斯基 著　陈琳 译

责任编辑	白　涵
特约编辑	李　睿
装帧设计	朱镜霖
责任印制	杨　丹
出版发行	江苏凤凰文艺出版社
	南京市中央路165号，邮编：210009
网　　址	http://www.jswenyi.com
印　　刷	天津中印联印务有限公司
开　　本	890毫米×1260毫米　1/32
印　　张	6.25
字　　数	53千字
版　　次	2024年9月第1版
印　　次	2025年8月第5次印刷
书　　号	ISBN 978-7-5594-8733-9
定　　价	32.00元

江苏凤凰文艺版图书凡印刷、装订错误，可向出版社调换，联系电话：025-83280257